# SUNNY

Première édition, 2018, chez Atheneum Books For Young Readers, filiale de la Simon & Schuster Children's Publishing Division, 1230 Avenue of the Americas, New York, New York 10020, USA, sous le titre *Sunny*.



*Ce livre est une œuvre de fiction. Toute référence à des événements historiques, des personnes et des lieux réels est faite de manière fictive. Tous les autres noms, personnages, lieux et événements sont le fruit de l'imagination de l'auteur, et toute ressemblance avec des événements, des lieux ou des personnes existant ou ayant existé serait purement fortuite.*


1, rond-point du Général-Eisenhower, 31101 Toulouse Cedex 9, France.
editionsmilan.com



Dépôt légal : juillet 2021
ISBN : 978-2-4080-1701-9

Plus d'informations sur la fabrication de nos livres :
editionsmilan.com/comment-fabriquons-nous-nos-livres

PEFC
PEFC/18-31-226
Certifié PEFC
Ce produit est issu de forêts gérées durablement et de sources contrôlées
www.pefc-france.org

Achevé d'imprimer en Italie par Grafica Veneta, au 3e trimestre 2021.

jason**reynolds**

# SUNNY

Traduit de l'américain
par Aude Sécheret

MILAN

*À tous les chelous.*

# I

# VENDREDI

Cher Journal,

Ça fait longtemps. Et comme te voilà de retour, comme je t'ai ressorti de ton tiroir et que j'ai bien remis ta spirale dans les trous de tes pages (t-t-t-paaage, tapage), Aurelia, pour je ne sais quelle raison, a décidé qu'elle avait besoin que je lui rappelle qui tu étais. Encore. Genre elle te connaissait pas. Genre elle t'avait oublié. Mais moi je me rappelle, donc pas la peine qu'on se serre la main et qu'on se présente en mode « salut, moi c'est Machin ». Mais c'est pas impossible qu'Aurelia ait besoin de faire ça, elle. Aujourd'hui, elle m'a demandé si je m'adressais toujours à toi comme si tu étais quelqu'un, si je te disais toujours « cher Journal ». Ben ouais, moi j'aime bien. J'aime bien avoir l'impression de parler à un vrai quelqu'un. « Journal », ça me fait penser à « Jamal », le prénom. Et puis « cher Journal », c'est plein d'allitérations.

Cha chuinte. Et en plus, avec la consonne liquide, cha coule, comme le lait. J'aime bien les produits laitiers. Le lait, surtout, d'ailleurs. Mais je peux pas en boire trop, sinon j'ai l'impression d'avoir l'estomac plein de colle, mais ça, tu le sais déjà aussi. Pourtant je continue d'aimer ça. Parce que je suis bizarre. Et ça, t'as aucun doute là-dessus. Tu sais que j'aime tout ce qui est chelou. Et le lait, en soi, c'est chelou. Tout dans le lait est chelou, jusqu'à ce truc qui me fait mal au bide, là, le lactose. Je parie que ce mot fait pile le même bruit que mes intestins quand je le digère, le « ose » en moins. *Lact-lact-lact-lact-lact.* Bon, je ferais mieux de recommencer.

Cher Journal,

Je recommence, donc.

Aurelia m'a demandé depuis quand je t'avais pas parlé. « Depuis longtemps », j'ai répondu. Quand j'étais un petit garçon et que j'étais tout piaille-piaille et que Jamal voulait que je sois plus calme-calme, il t'a offert à moi et m'a proposé de coucher mes cris sur le papier de tes pages à chaque fois que j'avais l'impression d'en avoir besoin. J'en avais besoin tout le temps, en fait. Sauf quand je dormais ou que je courais. Il m'a dit de tout ranger en toi, pour retrouver un peu de tranquillité. Pour qu'il puisse obtenir le silence indispensable à la concentration dont on avait besoin en fin de journée, quand il rentrait du travail et qu'on faisait des puzzles ensemble. Eh oui, Journal. On en fait toujours. C'est resté notre façon à nous de… tisser des liens entre nous, j'imagine. Bref, au bout d'un moment, mon cerveau a terminé de faire sortir autant de bruit de ma bouche. Il a arrêté d'embruiter nos moments-puzzle. Grâce à toi.

Tu sais comment une barre de céréales te coupe un peu la faim sans te rassasier vraiment ? Journal, tu fais exactement pareil. Tu es une barre de céréales. Tu évacues les gargouillements de mon esprit. Et quand je suis parvenu à transformer ces gros gargouillis en un léger ronronnement, j'ai cessé d'écrire en toi. Mais là, le volume remonte. Ça gronde sévère. Et je sens que ça pousse, depuis l'intérieur de ma tête. Il y a une pression derrière mes yeux, qui s'avance vers ma langue comme une armée déterminée, prête à charger — à sortir de ma bouche. Et mon père… il n'a toujours pas envie qu'on le dérange. Et moi je ne veux pas le déranger, ni lui, ni son travail, ni son journal (pour lire, pas pour écrire), et certainement pas les puzzles, parce que ça, c'est notre moment à nous. Donc, cher Journal, merci d'être resté mon ami. Merci d'être resté un truc dans lequel je peux croquer quand j'ai besoin. Merci d'être resté ce qui me permet de crier à bas bruit. Parce que parfois, des cris, j'en ai trop, là-haut. Et ça boing-boing dans ma tête

*boing boing* dans ma tête
comme un pois sauteur
        *boing boing* dans ma tête
comme un pois sauteur
ma tête comme un trampoline
        à une fête sans invités

Et maintenant, je peux remettre tout ça en toi, comme avant. Et maintenant, Aurelia me cuisine comme un petit pois pour en savoir plus. Sur ce que tu es. Sur ce que c'est que de tenir un journal. De tenir un Jamal. Ja-mal. Qui ressemble à « j'ai mal ». Comme quand j'abuse du lactose, que j'ai mal au ventre et qu'ensuite, aux toilettes… c'est le drame. La diarrhée. Tiens, d'ailleurs, c'est ça que je devrais lui répondre. Tenir un journal, c'est comme aller se soulager. Aurelia m'a dit qu'elle trouvait que c'était bien, que je me sois remis à écrire. Elle a insisté encore et encore sur le fait que la cohérence n'avait aucune importance, et que quoi que j'écrive, ce qui comptait, c'était que ce soit bien moi. Les trucs dans ma tête et dans mon cœur. Et c'est bien qu'elle me l'ait rappelé, même si je le savais déjà. Parce que la cohérence, j'ai jamais trouvé ça très cohérent. Ça devrait être déjà là, sans qu'il faille l'écrire absolument, comme l'amour, ou le ciel. Non ? Pas besoin de la créer ou de la mettre en scène ou quoi que ce soit du genre. Enfin, à mon avis. Donc rien de tout ça n'est censé m'aider à être cohérent. C'est juste censé m'aider à… être moi. Je suis déjà moi, mais c'est censé m'aider à être… d'une certaine façon. À être calme et posé, et peut-être aussi assez courageux pour faire ce qu'il va falloir que je fasse demain à la compétition d'athlé — qui ne sera sans doute ni calme ni posée. Et ça, c'est la vraie raison pour laquelle Aurelia s'intéresse à toi, cher Journal. Elle croit que je ne le sais pas, mais elle se trompe. Je le sais, parce que je sais qu'elle sait que j'ai peur. C'est pour ça que je t'ai ressorti du tiroir. J'ai trop peur. Et cette peur-là, elle ne fait pas le bruit d'un cri aigu, ou d'un sursaut. Elle fait un bruit de verre. Qui éclate en mille morceaux.

Ma peur fait le même bruit que du verre qui éclate.

Cher Journal, après toutes ces années de bons et loyaux services, n'as-tu jamais envie qu'on ne t'écrive pas dessus ? Dedans ? Est-ce que j'écris en toi ou sur toi ? Ou les deux ? Et qu'est-ce que tu ressens quand je fais ça ? Je ne te l'ai jamais vraiment demandé. Est-ce que parfois tu as juste envie de rester vide ? De n'être que papier — ou ce que tu considères être — et rien d'autre ? Parce que ça, je sais ce que ça fait. Et demain, mon père le saura, lui aussi.

Ah, et puis Aurelia a dit que tu étais un carnet. Mais tu es un journal. Alors je vais t'appeler par ton nom.

# 2

# SAMEDI

Cher Journal,

Je sais — enfin, je crois savoir — que tout a un son qui lui correspond. Tout a un *tic* ou un *BOUM !* Ou autre. Ou un *ticBOUM !* Ou un *tic-ticBOUM !* Ou un *tic-bada-bada-boum-bap-bap-ouh.* Ou un… Je suis chelou. Enfin, je suis pas vraiment chelou. Je suis juste… Oui, voilà, je suis ticboum.

Ça fait trois semaines, et quelque chose comme un million huit cent quatorze mille quatre cents tics que j'ai regardé Patty

regardé Patty

regardé Patty

Pat ! ty ! Patty !

regardé Patty faire *tic-tic-boum* et remonter ses adversaires depuis les enfers et les exploser dans la dernière ligne droite de son relais quatre fois huit cents. Ça faisait *ch'm-swip !*

*-ch'm-swip ! -ch'm-swip ! -ch'm-swip !* jusqu'à la li-li-ligneuh-d'arrivay. Patty sou-sou-souriait et la foule… a… explosé. *Poooooow !* Deja, Krystal et Brit-Brat ont explosé. *Poooooow !* Le coach et Whit ont explosé. Curron, Aaron et Mikey ont explosé. *Poooooow ! Poooooow !* Ghost et Lu ont explosé. Ils sont venus me sauter dans les bras alors que Patty trottinait fièrement vers nous, comme un personnage de dessin animé. Elle avait gagné. Ga-ga-gagnay ! Sur la ligne d'arrivay ! Patty a gagnay ! Ouay ! Elle a tout déchiray ! Et même qu'elle souriay ! *Ch'm-swip, fou yay !* C'est pas des mots mais j'suis pas super expérimentay — pas comme Patty, qui a gagnay. Ga-ga-gagnay.

J'avoue, je suis chelou.

Cher Journal, tu sais que moi aussi, je sais gagner. Ga-ga-gagnay. Mais là-dessus, je suis blasé. Bla-blasay. Pour moi, ça fait le même bruit que le passé. Pa-pa-passay. Moi, quand je cours, ça fait le bruit de plein de gens qui parlent en même temps. Tout le monde s'en fiche que je coure un mile — mille six cents mètres — plus vite, probablement, qu'ils courent le deux cents mètres. Je suis là : *tac tac tac tac tac tac tac tac tac* téma ! *Tac tac tac tac tac tac tac tac* téma ! Mais personne mate jusqu'au dernier tour. Et le dernier tour, c'est le moment où je gagne. Semaine après semaine. Ga-ga-gagnay… super.

Je donne mes médailles et leurs rubans à Jamal. Super.

Il me dit un truc sur ma mère. Super.

« Ta mère aurait voulu que tu travailles plus dur.

C'est quoi qui tourne pas rond chez toi ?

Elle aurait voulu que tu travailles ta foulée.

Ouvre ta foulée. Bats ton record perso.

Comme je le dis toujours, RSI. Retour sur investissement.

C'est quoi ton problème ?

Plus tu te la donnes, plus tu y gagnes.

Sur le dernier tour, ouvre tes poumons. Respire.

Si ta mère était là, elle te dirait de respirer.

C'est quoi qui tourne pas rond chez toi ? »

Et là, immédiatement, je me mets à réfléchir au bruit qu'on fait quand on respire, et je n'arrive jamais vraiment à le définir. Ça me reste sur le bout de la langue. Alors je commence à réfléchir au bruit que ça fait quand on ne respire plus. Et là, tandis que Jamal continue de parler de ma mère comme un disque rayé, je pense au fait de pleurer. À moi en train de pleurer. Pas là tout de suite, mais au moment de ma naissance. Je sais que je ne l'ai pas fait. Je n'ai pas pleuré. Pas tout de suite. Ça, Jamal me le répète souvent. Aucun problème pour lui d'en parler. Du fait que j'aie pas pleuré. Parce que j'arrivais pas à respirer. Ma mère, elle pleurait, elle. Et là je me suis mis à respirer. Mais elle, elle a arrêté. Alors je me suis mis à pleurer.

Des vaisseaux qui passent dans la nuit.

Elle n'est pas là, parce que moi je suis là. Elle n'est pas là, à cause de moi. Parce qu'il y a quelque chose qui ne tourne pas rond chez moi, cher Journal, quelque chose qui a fait que quelque chose n'a plus tourné rond chez elle. Elle. Elle a un nom. Elle avait un nom. Elle a un nom. Tu te rappelles ? C'est Regina. Regina Lancaster. Née le jour de l'anniversaire de Rosa Parks. Elle m'a donné naissance un jour où un ouragan est passé. Et puis elle est morte.

Cher Journal,

« Embolie amniotique. »

Ces mots, c'est comme des confettis sur la langue. C'est comme parler une langue étrangère. Symbolisme hypnotique, embolie amniotique. C'est tellement agréable à prononcer. Mais dans le jargon de la naissance, ça signifie « mort de ma mère ». Ça signifie que son sang s'est retrouvé empoisonné. Que ça a entraîné l'arrêt de son cœur. Ça signifie que tout petit, je passais mon temps à crier pour l'appeler, à chercher ses battements.

Cher Journal, je sais que tu es déjà au courant de tout ça. C'est écrit en moi depuis longtemps, donc je sais que je l'ai écrit en toi il y a longtemps. Avec toute une flopée de questions. Des questions comme : tu sais ce que ça fait d'avoir l'impression d'être un meurtrier ? Parce que moi, je le sais. En tout cas je le savais, à l'époque. Et je le sais toujours. Pas tous les jours. Parfois. Il faut quand même que je précise quelque chose : Jamal ne m'a jamais traité de meurtrier et n'a jamais laissé entendre quoi que ce soit du genre. S'il en parle —

quand il en parle —, il met en cause l'embolie amniotique. Mais il passe son temps à me répéter que je dois quelque chose à ma mère : je dois accomplir son rêve de remporter un marathon. Pour elle. Pas de courir un marathon. Pas seulement de finir un marathon. Mais de gagner un marathon. Et il m'a toujours poussé à le faire. Je ne suis pas certain de ce que je vais dire, pour de vrai, mais… en fait peut-être que si, parce que c'est pas impossible que ce soit la vérité. Quand j'apprenais à marcher, dès que j'ai posé mes premiers pas, Jamal m'a probablement poussé. Poussé au sens propre, pour de vrai. Il est comme ça, c'est tout. Il m'a pas envoyé dans le mur ni rien. Il m'a juste poussé un petit peu dans le dos, pour que ces petits pas soient un peu plus rapides. Il me faisait faire des tours de la maison en courant quand j'avais quatre ans. Il m'a emmené sur une piste d'athlé pour la première fois quand j'avais cinq ans. A commencé à me parler de marathon quand j'en avais six. Comme si l'absence d'une mère pouvait être comblée par une médaille. Je me suis dit que j'allais commencer par devenir le boss du mille six cents mètres.

Mais le problème de cette course, c'est qu'elle ne fait pas assez de bruit pour moi. Ça ne m'a jamais suffi. Il n'y a que le *tac-tac-tac* de mes pieds sur la piste, et au bout d'un moment, ça ne s'entend presque plus. Le *tac-tac-tac* se transforme en *ta-ta-ta* puis en *t-t-t*, sous les voix des coureurs qui discutent de ce qu'ils feront lorsque ces longs tours de piste seront terminés, en regardant leurs téléphones, tém-tém-téma, ils rafraîchissent la page, et matent encore.

Il me fallait autre chose que ces mille six cents mètres vides de sens. Que cette victoire idiote. Alors, plus tôt dans la journée — trois semaines et trois victoires idiotes après la remontée de dingue de Patty —, j'ai enfin décidé de mettre du son dans ma course. Un peu de *pooshhh* ou de *squib*.

Dis, Journal, ça fait quel bruit quand on s'arrête ? Genre *krrrrrr-t !*

J'avais trois tours de piste dans les jambes et j'entamais le quatrième. Je tac-tac-tacais tout autour du terrain, les yeux dans le vague. Premier virage du dernier tour. Personne sur mes talons. Je reste en vitesse de croisière, en route pour la victoire, *ta-ta-ta*. Et là…

J'ai changé d'avis.

J'ai stoppé ma foulée, arrêté de courir. Je me suis mis à marcher.

Bruit.

La foule explose ! Heeeiiin ? Deja, Krystal et Brit-Brat explosent. Heeeiiin ? Ghost, Lu et Patty explosent. Heeeiiin ? Curron, Aaron et Mikey explosent. Heeeiiin ? Et le coach et Whit explosent encore plus fort que les autres. HEEEIIIN ?

Et la foule crie « oléééé » tandis que les autres coureurs me dépassent au galop, brûlant tout ce qu'il leur reste d'énergie, se ruant vers la ligne d'arrivée.

Sur le bord de la piste, le coach me demande en hurlant ce que je fabrique, mais je réponds pas. Je souris et j'applaudis les autres coureurs pour les encourager. Puis le coach hurle autre chose, comme fou. Ses mots faisaient le bruit du papier qu'on froisse. Dans les gradins, Jamal s'est levé d'un bond au beau milieu de la foule. Des gens riaient, d'autres étaient furax, et d'autres encore incrédules. Ceux-là, c'étaient mes préférés. Les incrédules. On aurait dit qu'ils avaient tous le visage en cire et qu'on les avait fait fondre avant de les remodeler, dans un bruit de *kleurkleup blip bleurp kouish.* Le visage de mon père n'était pas dans cet état-là. Il n'avait l'air ni fondu, ni écrabouillé. Le visage de mon père s'était paré d'une expression bien particulière. L'Expression. Une expression à laquelle j'étais habitué, mais que je détestais. Comme une pierre qui serait en train de durcir un peu plus. Qu'est-ce que ça peut bien faire comme bruit, une pierre qui durcit ? Pour mon père, je pense que ça fait le même bruit que de respirer. Un bruit que je n'arrive pas à définir, même si je l'ai sur le bout de la langue.

Cher Journal,

Une dernière chose sur cette journée. J'ai failli m'arracher la langue. Je l'ai mordillée avec les dents sur le chemin du retour, mais j'y suis allé un peu fort. Et je crois que mon père faisait pareil. Vu la fossette qui s'était formée dans sa joue, je pense qu'il y allait fort lui aussi. On s'est mordu la langue chacun de notre côté sans décrocher un mot.

Tout ce qu'on entendait, c'était l'espèce de ronron de la clim, une sorte de *ssssss* qui sonnait davantage comme une fuite de gaz que comme une arrivée d'air frais.

Mon père avait perdu sa langue.

Sans doute qu'il s'était demandé pourquoi j'avais fait ce que j'avais fait, qu'il n'avait jamais trouvé la réponse, et que du coup, il avait donné sa langue au chat.

Cher Journal, est-ce que tu sais d'où vient cette expression ? Non ? Moi non plus. Imagine, c'est comme si tu disais qu'un chat te bondissait au visage, enfonçait sa gueule dans ta bouche et t'arrachait la langue. Et d'abord il est comment, ce chat ? Rayé comme un tigre ? Ou noir ? Oui, sans doute noir. Ou gris. Un chat qui miaule comme un violon tremblant. Un violon qui sonne comme un chat qui pleure… juste avant de bondir et de t'arracher la langue.

Bref. Mon père était le chat, il avait sa propre gueule dans sa propre bouche et s'arrachait lui-même sa propre langue. Il était encore plus silencieux que d'habitude. C'était un silence épais et brûlant comme de la moquette qui frotte contre la peau. Parce que je savais qu'il avait beaucoup à dire, en fait. C'était pas possible autrement : je venais de perdre. Pire : j'avais abandonné. Enfin, pas tout à fait. Disons que j'avais lâché l'affaire. J'avais déclaré forfait, en somme, et je sais, sans le moindre début de doute, qu'il voulait savoir pourquoi. Est-ce qu'il n'avait pas en stock une histoire qu'il rêvait d'utiliser pour me sermonner ? Une parole sur la déception que ressentirait ma mère, si elle était là ?

« Regina n'était pas du genre à laisser tomber. »

Ou bien : « Avant toi, je n'avais jamais vu quoi que ce soit, ni qui que ce soit, la rendre aussi vulnérable. »

Ou sa préférée : « C'est quoi qui tourne pas rond, chez toi ? »

N'avait-il pas en stock quelque chose pour me rappeler ce dont je ne peux pas me souvenir tout seul ? Il devait bien avoir quelque chose à dire, et c'était l'occasion rêvée, pour Jamal, de m'arracher la tête à coups de sermons, de la revisser sur mon cou, de me l'arracher de nouveau par la parole, puis de l'envoyer d'un coup de pied rouler dans la rue, pour ensuite me regarder, étêté… et se remettre à me sermonner pour cette fois s'attaquer à mon cou.

C'était bien pire que de juste donner sa langue au chat.

Ce que j'essaye de dire, c'est qu'en fait, non. Jamal n'a pas décroché un mot. Et je savais qu'il valait mieux que je ne lui demande pas s'il voulait savoir pourquoi j'avais fait ça. Pourquoi j'avais arrêté de courir. Et pourquoi j'avais choisi de le faire aujourd'hui, une semaine avant mon treizième anniversaire, une semaine, pile, avant l'anniversaire de la mort de ma mère. Non pas qu'il péterait les plombs et ferait un truc de dingue, comme s'arracher la langue pour de bon et me sourire d'un sourire dément et ensanglanté — encore que… j'aurais sans doute préféré voir ça plutôt que… l'Expression. Mais l'Expression aurait pu être supportable pour moi si elle voulait dire aussi qu'on pouvait en parler.

J'imagine que je vais plutôt continuer de te parler à toi, jusqu'à ce que je puisse en parler à Aurelia lundi matin. Ce qui signifie qu'il faut que je me farcisse le reste du week-end comme une langue qui serait retenue prisonnière dans une bouche désespérément fermée. Comme une plume qui se serait retrouvée, on ne sait trop comment, prisonnière d'une pierre. Comme un *pfft* attaché à un *bom !*

# 3

# DIMANCHE

Cher Journal,

On n'écrit pas dans son journal le dimanche.

Et c'est pas que j'ai rien à te dire, ou que j'ai pas envie de te le dire. C'est juste que je me dis que, peut-être, tu mérites un jour de repos, pour rester aussi vide et fermé que tu le souhaites.

Je sais que moi, parfois, c'est ce dont j'ai besoin.

# 4

## LUNDI

Cher Journal,

Le dimanche, chez moi, c'est pareil qu'autrefois. En gros, Jamal est assis en caleçon dans son fauteuil — *leur* fauteuil — et il lit ses magazines d'économie qui parlent sûrement beaucoup de retour sur investissement — l'ennui total. Impossible de dire s'il les lit vraiment, mais en tout cas, il les plie et replie dans tous les sens. Le dimanche, aussi, il y a du café. Et il fait froid. Parce que la maison est trop grande pour qu'il y fasse bon.

Cet immense château. Tellement grand. Bien trop grand pour nous tout seuls. Une salle à manger, une cuisine, un salon, une salle de jeux — c'est là qu'on fait nos puzzles, au fait. La maison est tellement grande que d'autres personnes pourraient y vivre sans qu'on soit au courant. Ce serait trop marrant, non ? Une autre famille qui vivrait dans l'autre aile de la maison. Peut-être qu'il y aurait un papa qui irait au boulot, lui aussi. Avec un uniforme bien précis. L'uniforme de mon père, c'est le costard de l'homme d'affaires. Et cet autre père, alors ? Et si sa tenue de travail, c'était un survêt ? Hum… Ce serait quoi, son métier ? Peut-être qu'il serait prof de gym. Non. Pas ça. Prof de danse, voilà. Et peut-être qu'il n'aurait pas un fils, mais une fille, et que le prénom de cette fille, ce serait… Luna ! Sunny… Luna… Le soleil… La lune… Ce serait pas mal, hein ? Et peut-être que Luna ne se sentirait pas obligée de tenir un journal. Non pas qu'il y ait quoi que ce soit de mal à ça ! Et peut-être que Luna a une mère. Et peut-être que cette mère-là passe ses journées à lire le journal, et que parfois, elle jette un œil à Luna et lui fait un clin d'œil, entre deux petites gorgées de café. Et peut-être que son café est normal, qu'il n'inonde pas la maison d'une odeur de sucre brûlé, comme celui de mon père.

Voilà le programme de Jamal, le dimanche : il plie son magazine dans tous les sens, et boit une gorgée de café. Il tourne la page. Et boit une gorgée. Replie son magazine. Tourne la page, etc. Et après tout un dimanche sur ce thème — tu vois, tu n'as rien raté —, le simple ding-dong de la sonnette ce matin m'a fait l'effet d'un tube des années quatre-vingt. Disco !

Cher Journal,

La seule chose en ce bas monde qui soit plus bizarre que moi, c'est la créature qui me sert de professeure. Aurelia. Je sais que j'ai déjà dit qu'elle avait l'impression qu'il fallait que je refasse les présentations, entre vous, même si elle s'occupe de moi depuis aussi longtemps que toi. Mais je me rends compte que ça fait des années, alors peut-être que tu l'as oubliée. Peut-être que c'est toi qui as besoin que je te réexplique qui elle est.

Aurelia a les cheveux bleus. Parfois. Parfois ils sont violets. Et parfois orange.

Les ongles d'Aurelia donnent l'impression qu'ils ont été décorés par de minuscules artistes munis de minuscules pinceaux.

Les vêtements d'Aurelia ont toujours l'air crades, même s'ils sentent toujours le propre. J'ai inventé un mot pour décrire son style, justement : « crapre ».

Aurelia est couverte de tatouages. Des tatouages bizarres. Des étoiles tellement bizarres et de travers qu'on dirait que c'est moi qui les ai dessinées. Avec les yeux fermés. Elle a même des tatouages sur ses mains. Sur ses doigts. Ses jointures. Des grosses lettres, deux mots : T-O-U-T sur une main, et O-S-E-R sur l'autre.

Tu te rappelles, maintenant ?

Si ce n'est pas le cas, sache simplement qu'Aurelia était au programme depuis le début. Je sais que tu n'as jamais entendu parler de ce programme, parce que moi-même, avant l'année dernière, je n'étais pas au courant. Alors je ne sais pas tout de ce programme, je ne sais même pas s'il a été écrit quelque part sur du papier avec des diagrammes et des plans et des graphiques et des codes, ni à quel point il était détaillé. Mais à ma connaissance, ma mère et Jamal — qui, au passage, étaient ensemble depuis qu'ils avaient mon âge, ce qui signifie qu'en gros, ils étaient inséparables depuis l'infini multiplié par l'infini, ce qui me paraît aussi grandement sale que salement grandiose — avaient prévu d'avoir leur brevet, d'aller au lycée, d'être roi et reine de leur promo en tout (et de réussir à continuer de s'aimer), d'obtenir des bourses pour aller à la fac, où ma mère étudierait la psychologie et mon père le commerce (même si son truc, c'était plutôt la photo), puis d'avoir leur diplôme pour continuer d'étudier encore le même sujet pendant de longues années, ce qui paraît… je sais pas… à l'opposé de ce que ferait quelqu'un de malin, non ?

J'en sais rien. En tout cas c'est ce qu'ont fait mes parents. Ils sont allés à l'école, pour pouvoir continuer d'aller à l'école…

Et après plein de temps passé dans plein d'écoles, une fois qu'ils auraient tous les deux obtenu des emplois dans des bureaux avec de la moquette au sol, des répondeurs, et des distributeurs automatiques qui vendent des paquets de fruits secs et des barres de céréales bio, ils achèteraient cette gigantesque maison et passeraient enfin à l'étape quatre du plan — ou était-ce la cinq ? —, qui était de me faire, et je m'appellerais Sunny, que je sois un garçon ou une fille.

Et l'étape d'après, ce serait de me trouver un prof, pour que je n'aille pas à l'école mais que je suive mes cours à la maison, et Aurelia serait mon enseignante. D'après le programme de mes parents, c'était prévu depuis le début.

Donc voilà, c'est ma prof. Et je suis content qu'elle soit là.

Ce qu'il y a de fou, cher Journal, c'est que toi, tu ne faisais pas partie de leurs plans sur la comète. Mais je suis content que tu sois là, toi aussi.

Cher Journal,

Aurelia s'est gentiment moquée de Jamal, ce matin. Elle est arrivée au moment où il partait, et il m'a dit au revoir, mais d'une façon bizarre, comme si les mots remontaient de sa gorge sans parvenir à vraiment sortir de sa bouche. Aurelia a trouvé ça étrange, alors elle lui a demandé ce qui n'allait pas. Il a répondu que tout allait bien, mais Aurelia savait que c'était faux. Pas seulement à cause de sa manière de s'exprimer, mais aussi à cause de son apparence. Tous les jours, il est tiré à quatre épingles dans un costume bleu ou gris, et aujourd'hui c'était un costume gris, mais tout fripé, et une des jambes de son pantalon était trop longue, du coup on aurait dit que la moitié de son corps avait rétréci pendant la nuit.

Elle m'a demandé pourquoi il avait l'air d'avoir couru un mille six cents mètres dans sa tenue de travail.

« Lui réparer ourlet. » Elle a dit ça d'une voix de bébé, et c'était marrant, jusqu'à ce qu'elle me demande ce qu'il lui arrivait, et que je lui réponde qu'il ne m'avait pas dit grand-chose depuis la course de samedi. Ou plutôt la non-course. Aurelia savait que j'avais ça de prévu, et elle m'a tapé dans la main avant de secouer la tête en disant de la même voix de bébé : « Lui se détendre. Et réparer ourlet. » Puis elle m'a demandé de nous préparer des pancakes.

Pour le petit déj.

Et pour les maths.

Voilà ce qu'est devenue l'école à la maison pour moi, cher Journal. Je ne me rappelle pas si je t'avais raconté comment c'était à l'époque, mais c'est sans doute parce qu'à l'époque, tout ça me paraissait normal. Rien à signaler. Rien d'incroyable. Mais maintenant, je sais que ce n'est pas pareil pour tout le monde, parce que tout le monde dans mon équipe doit aller à l'école — l'école hors de la maison, dans un bâtiment spécialement dédié —, et tout le monde se plaint des brutes qui harcèlent leurs camarades — enfin, Ghost s'en plaint beaucoup —, et Patty se plaint de certaines pestes dans son école à elle. Donc je sais que ma version de l'école, c'est pas du tout la même que la leur.

D'abord, les pancakes. « Convertis cette recette pour six personnes en recette pour deux personnes. » Si j'ai bon, je mange les pancakes. Si je me trompe, je dois regarder Aurelia les manger toute seule, avec double dose de sirop d'érable, et moi je dois me contenter d'une barre vitaminée (avec double dose de vitamines).

Ensuite, le cours de sciences. Aujourd'hui, on a disséqué une barre vitaminée. Parce que j'ai pu manger mes pancakes. Parce que la division, ça me vient assez naturellement. J'en ai, de la chance. Donc ouais. Il s'avère qu'une barre vitaminée contient plein de trucs avec des noms bizarres, et c'est marrant, j'aurais pas cru. Et puis ça a un goût de terre. Ça je le sais, j'ai déjà goûté à la terre.

Ensuite, cours d'anglais. Là, tout de suite, on est sur du Shakespeare. Tu connais Shakespeare ? D'abord, qu'est-ce que c'est que ce nom-là ? Shakespeare ? Chat expire, sous ton nez, attendant que tu lui donnes ta langue… Faut pas m'emmener sur ce terrain-là, sinon je suis capable du pire, comme… te réciter un poème à la Shakespeare — un poème comme :

Vous ici bas qui rythmez à bas bruit,
Que n'avez-vous tenu la promesse extatique
Ô, Sainte Lueur, engloutie par la nuit !
Han ! Beau lie âme y'eau tique !

Je n'exagère même pas, Journal ! Son nom résonne comme une mise en garde. Et c'est pas un hasard : son œuvre n'est pas super facile. Mais Aurelia arrive à en faire quelque chose de marrant. Elle joue les pièces, ce genre de trucs. *Roméo et Juliette*. « Je t'aime. Non, c'est moi qui t'aime. Il faut qu'on puisse être ensemble. Mais on n'a pas le droit. Mais on n'a pas le choix. Mais comme on n'a pas le droit, il faut qu'on meure. » Ça m'a fait penser à mes parents, mais seulement jusqu'à ce qu'Aurelia mette ce film, *West Side Story*. Elle dit que c'est pareil que le *Roméo et Juliette* de Shakespeare, sauf que c'est avec des gangs ennemis, des couteaux, des *snap* et des *chtak* et des pas de danse. Ça me rappelle qu'en fait, j'ai envie moi aussi d'appartenir à un gang. Un gang de danseurs.

Et puis on enchaîne avec les sciences humaines. Dans ce cours, on fait des activités de toutes sortes, et aujourd'hui, on est allés au musée. Ça fait partie des trucs que je préfère. On s'est promenés dans les grandes salles en contemplant tranquillement les œuvres sur les murs, on a lu les fiches explicatives sur la guerre et l'art, on a regardé les soldats qui portaient des perruques blanches à queue-de-cheval, les rois et les reines enveloppés de bandelettes et déposés dans des sarcophages pleins d'or, et les châteaux, et les grands textes comme la Constitution et toutes sortes de lettres, etc. Et pour finir, on s'est assis pour regarder passer les gens qui contemplaient les œuvres à leur tour. On voyait leurs têtes pivoter pour lire chaque notice en passant, et leurs doigts pointés parfois trop près des œuvres d'art. On voyait des personnes âgées se tenir par la main et avancer à petits pas. Des personnes âgées dont le cerveau est sans doute aussi muséeux que le musée. On voyait aussi passer des Roméo et des Juliette, et je parie qu'ils avaient mangé des pancakes au petit déjeuner et qu'ils avaient des barres énergétiques dans leurs poches arrière.

Cher Journal,

Il y a énormément de choses qui se passent en ce moment et dont j'aimerais te parler, mais il y a aussi tellement de choses du passé sur lesquelles j'aurais besoin de revenir. Tu as raté plein de trucs depuis que j'ai arrêté de faire du bruit. Depuis que j'ai arrêté de poser des questions sur elle. Depuis que j'ai arrêté de hurler combien elle me manque, de hurler que c'est un manque que j'ai du mal à décrire, mais dont je sais qu'il s'apparente à une petite gêne que je traîne avec moi en permanence, comme si une des jambes de mon pantalon était trop longue pour moi. Comme si quelque chose clochait. Depuis que j'arrive à peu près à garder ma mère pour moi, à l'intérieur, histoire de ne pas faire de peine à Jamal.

Un des trucs que tu as ratés est vraiment très important, mais avant que je t'en parle, il faut que je te raconte la fois où Aurelia m'a emmené me faire tatouer. C'était il y a quelques années. On était au musée, en plein cours de sciences humaines, et cette fois-ci, on étudiait les sculptures.

Il y en a une dont je me souviens en particulier. C'était la statue d'une femme aussi blanche que Lu. Elle avait l'air d'essayer de faire une espèce de mouvement de danse, peut-être un tour sur elle-même, mais sans grand succès, parce que l'artiste a oublié de lui faire des bras. Et soudain, en regardant cette dame sans bras, Aurelia s'est mise à pleurer. Je lui ai dit que c'était pas très grave qu'elle ait pas de bras, que c'était qu'une statue, après tout. Et Aurelia a répondu que ce n'était pas pour ça qu'elle pleurait. Elle pleurait parce que c'était son autre anniversaire. Je comprenais pas. On n'a qu'un seul anniversaire, normalement. Et j'ai encore moins compris ce qui se passait quand soudain elle m'a dit : « Viens, on va se faire tatouer. »

Oui, j'ai pensé la même chose que toi, cher Journal. Je me suis dit : *HEIN?* Mais elle ne voulait pas dire par là que j'allais me faire tatouer aussi. Elle voulait dire qu'elle allait se faire tatouer elle, et que j'allais venir avec elle. Cours d'arts plastiques.

Tu es déjà allé dans un salon de tatouage ? À vrai dire, je connais la réponse à cette question : c'est non. Mais moi, oui ! Il y avait des dessins partout sur les murs, et des piles et des piles de livres de croquis représentant des dragons aux yeux globuleux et des cœurs avec des poignards plantés dedans et des fruits juteux et toutes sortes de trucs. À l'avant du salon, derrière le comptoir, était assise une femme qui avait l'air d'avoir les mêmes goûts qu'Aurelia. Elle était rasée et, sur le côté de sa tête, elle s'était fait tatouer une devanture d'épicerie. Je me souviens d'elle. Je ne l'oublierai jamais. Et je n'oublierai jamais Fish.

Fish — c'est celui qui a tatoué Aurelia — était un mec immense. Un mur sur pattes. C'est une image, mais si vraiment il avait été un mur, il aurait été comme ceux de ma maison : un mur propre. Tout blanc. Sans la moindre marque, sans couleur, sans tableaux ni dessins nulle part. Ça fait bizarre dans une maison. Ça fait encore plus bizarre sur un tatoueur.

Et je n'oublierai jamais quand il a demandé à Aurelia quelle année elle fêtait. Il avait formulé ça en disant un truc du genre : « Ça fait combien d'années, déjà ? » Comme s'il était censé savoir de quoi il s'agissait. Alors Aurelia a répondu que c'était la vingtième année. Alors il lui a demandé si elle voulait une autre étoile, et elle a répondu oui, mais dans une autre couleur. Il a demandé laquelle, alors Aurelia s'est tournée vers moi et m'a posé la question, et moi j'ai répondu vert. Mais pas n'importe quel vert. Un vert éclatant.

Et je n'oublierai jamais le moment où il a sorti son étrange petite machine qui vibrait comme s'il y avait un minuscule moteur de tondeuse à gazon à l'intérieur — si un tel moteur existe. Je n'oublierai jamais comment il en trempait la pointe dans ce qui ressemblait à de la peinture verte, puis comment il s'est mis à graver une autre étoile moche dans le poignet d'Aurelia. Et pendant qu'il réalisait son œuvre, qu'il passait et repassait sa machine qui vibrait sur la peau d'Aurelia, elle s'est mise à me raconter une histoire pour oublier la douleur.

Elle m'a raconté comment elle était tombée dans la drogue quand elle était à la fac. Oh que oui, moi aussi j'étais surpris ! Aurelia m'a expliqué que son petit ami de l'époque l'y avait initiée et qu'elle s'était perdue, en quelque sorte. Elle m'a expliqué que les seules personnes qui étaient là pour l'aider, c'étaient mes parents. Ils l'ont presque traînée de force jusqu'à un centre spécialisé pour qu'elle essaye de s'en sortir. Surtout ma mère. Une fois qu'Aurelia est sortie de désintox, ma mère l'a suppliée de s'inscrire à un cours de danse avec elle pour qu'elle puisse s'occuper et empêcher son esprit de se perdre de nouveau. D'après Aurelia, ma mère n'était pas la meilleure danseuse de la Terre, mais tout de même.

Au bout d'un an sans qu'Aurelia ait replongé, elle et ma mère se sont fait faire des tatouages étoiles vraiment, vraiment moches pour fêter ça. Et ensuite, tous les ans à la même date, Aurelia s'est fait tatouer ce genre d'étoile. Tatouage après tatouage. Étoile après étoile. Elle a continué la danse, aussi. Et ma mère a fait promettre à Jamal, si jamais elle n'était plus là pour le faire, de garder un œil sur Aurelia, de faire en sorte qu'elle reste dans les parages, et de toujours lui donner de quoi s'occuper. Et c'est comme ça qu'elle est devenue mon enseignante. C'est comme ça qu'est né cet élément-là du grand programme de mes parents.

Oh, et je n'oublierai jamais non plus quand j'ai demandé à Fish pourquoi on l'appelait comme ça, vu qu'il ne ressemblait absolument pas à un poisson. Et au lieu de me répondre, il a juste soulevé son T-shirt par-dessus sa tête, et là, tatoué sur son gros ventre, il y avait le portrait d'Aurelia.

Le portrait d'Aurelia Simone Fisher.

Fish était son petit ami. Le petit ami avec lequel elle s'était fichue en l'air quand ils étaient plus jeunes. Le tatoueur amateur qui lui avait dessiné la première étoile de sa galaxie.

C'est ce jour-là que j'ai décidé de ne jamais me droguer. Et le même jour, j'ai décidé que dès que j'aurais l'âge, je me ferais faire un tatouage qui couvrirait tout mon ventre. Il représenterait trois bateaux, mais pas sur l'eau. Les bateaux seraient posés sur la terre ferme. Et plus important encore — le nombre de trucs que tu as loupés ! —, c'est aussi ce jour-là qu'Aurelia m'a appris à danser.

Cher Journal,

Oui. Je danse.

Je sais. J'ai changé.

On pourrait sûrement dire que danser avec Aurelia, c'est un peu le cours de sport de ma journée d'école à la maison. On enlève nos chaussures, on pousse contre les murs un peu tout ce qu'il y a dans le salon pour avoir suffisamment d'espace — une fausse piste de danse couverte d'une moquette de la même couleur cendrée que le carton, mais sur laquelle c'est pas super facile de faire de la breakdance. On déplace la table basse et d'autres meubles plus petits, mais le fauteuil, celui de mon père — leur fauteuil, en vérité —, on n'y touche pas. Jamal m'a raconté je ne sais combien de fois que c'était le premier meuble que lui et ma mère avaient acheté ensemble pour leur chez-eux. Il venait de décrocher un super poste dans son domaine avec plein de chiffres, d'argent et de RSI, et il allait pouvoir aider ma mère à ouvrir son propre cabinet de thérapeute. Son espace à elle, pour que les gens puissent parler de leur vie, de leurs peurs, du bruit de leurs rêves, et la première chose qu'elle et mon père ont achetée ensemble, pour elle, c'était cet objet, dont le but était d'accueillir confortablement ses patients. Ce fauteuil-là. Il est d'un violet doux, il est inclinable, et Jamal passe son temps à le dépoussiérer, et à caresser délicatement ses accoudoirs avec la paume de ses mains, comme si c'était la joue d'un fils dont il serait fier.

Donc Aurelia et moi, on y fait super gaffe. On le laisse là où il est, et on fait comme si c'était notre public. Aurelia l'appelle Yvan le Divan. Moi, je l'appelle Chair. Comme Cher, la chanteuse. Tu connais ? Sache juste que c'est la reine de la *dance*.

Et Aurelia, c'est un peu aussi la reine de la danse avec un *s* — celle qui se bouge, pas celle qui s'écoute. Ses mouvements et ses chorés, elle les puise de partout. Y compris dans la danse classique. Je sais que tu sais ce que c'est, la danse classique, mais si tu n'as jamais vraiment regardé un spectacle, il faut que tu saches que tout se fait en équilibre sur la pointe des pieds, au summum de la difficulté, dans un contrôle total de son propre corps. Ça fait le bruit de l'océan. Ou des vagues qui déferlent. Elle fait aussi des claquettes, mais n'apporte jamais ses chaussures spéciales parce que sur la moquette on n'entendrait pas le *tac-tac*. Elle fait de la danse moderne, et ça, c'est comme… je sais pas trop. Ça paraît pas si moderne que ça, à vrai dire. Pas pour moi en tout cas. J'imagine que c'est un peu du théâtre, mais version danse. Un jeu d'acteur dansé. Le genre de truc qu'ils font dans le film *West Side Story*. *Chtak, snap !* Et elle fait aussi du hip-hop. C'est ce que je préfère. Là, je veux bien.

Là, on discute. D'ailleurs, c'est de ça que je parle depuis le début, quand je dis que chaque geste fait un son. Un *tic* ou un *boum*, ou autre. Un *ticboum*. Ou un *tic-ticboum*. Ou, dans le cas présent :

*Tap* et *tap* et *hein* et *wouh*, *clap* et
*Hey*, et *wowww*, *woush*.
*Tap* et *tap* et *hein* et *wouh*, *clap* et
*Hey*, et *wowww*, *woush*.

pour aller avec ces gestes-là :

*Épaules, épaules, coupe de pied, recule,*
*Tape des mains, dab, vague, tour.*
*Épaules, épaules, coupe de pied, recule,*
*Tape des mains, dab, vague, tour.*

Et Aurelia me dit toujours de finir avec panache. En gros, je finis toujours avec un grand sourire en travers du visage, en mode « ouais ! » plutôt que « tavu ? ». Mais Aurelia, ça la dérange pas.

Cher Journal,

Aurelia savait qu'à l'entraînement, il faudrait bien que je parle au coach de ce qui s'est passé samedi dernier à la rencontre. Du coup, quand on est arrivés sur le parking du stade, elle m'a demandé si j'étais nerveux. Je n'avais pas décroché un mot entre notre session de danse et notre arrivée au stade. J'ai répondu que oui, j'étais un peu nerveux. Mais en fait j'étais *très* nerveux. Ensuite elle m'a demandé si j'étais sûr de vouloir aller à l'entraînement. Est-ce que j'aurais encore envie de faire partie de cette équipe si Jamal n'était pas aussi exigeant avec moi sur la course à pied… Journal, elle me parlait de ce que je faisais, de mon envie de le faire, du moment pour le faire. Elle voulait pas que j'aie l'impression de manquer de respect à ma mère si jamais je décidais d'arrêter le jour de l'anniversaire de sa mort ou de ma naissance, et j'entendais parfaitement ce qu'elle me disait — j'avais pas les battements de mon cœur qui m'assourdissaient les tympans ni rien — mais tandis qu'elle parlait, j'avais les yeux rivés sur la piste. Lu et

Ghost se sont tapé dans la main. Patty et Aaron rigolaient ensemble. Brit-Brat et Deja discutaient avec Whit. Et le coach était assis sur un banc, sur le côté, le téléphone à l'oreille. Et… je sais pas. En les voyant tous là, j'ai senti que je faisais partie de ce groupe, de cette famille. Je sais que ça sonne un peu gnangnan. Mais c'est vrai. Donc j'ai répondu à Aurelia que oui. Que j'avais encore envie de faire partie de cette équipe. Que j'avais envie d'être là, avec ces gens. Alors je suis sorti de la voiture, et soudain, je ne me sentais plus aussi bien. Passé de gnangnan à malaisant en un rien de temps.

Le parcours entre la voiture et la piste m'a paru long. Je n'arrivais à penser à rien d'autre qu'à mon plan. C'était quoi, mon plan, précisément ? Voici à quoi il ressemblait dans ma tête :

OPTION 1 : ALLER VOIR LE COACH (sans faire de rimes)

A. M'asseoir près de lui pour lacer mes chaussures et lui dire : « C'est sympa de vous voir. »

B. M'approcher en mode *West Side Story*, *chtak*, *snap*, *snap*, *chtak*.

C. Me ruer sur lui et lui mettre une grande gifle pour qu'il se retrouve obligé de parler d'autre chose.

OPTION 2 : NE PAS ALLER VOIR LE COACH

A. Courir directement vers la piste.

B. Retourner à la voiture avant qu'Aurelia s'en aille.

C. Essayer enfin d'activer mes pouvoirs de téléportation.

Dans ma tête, encore une fois, mon plan était accompagné d'un croquis :

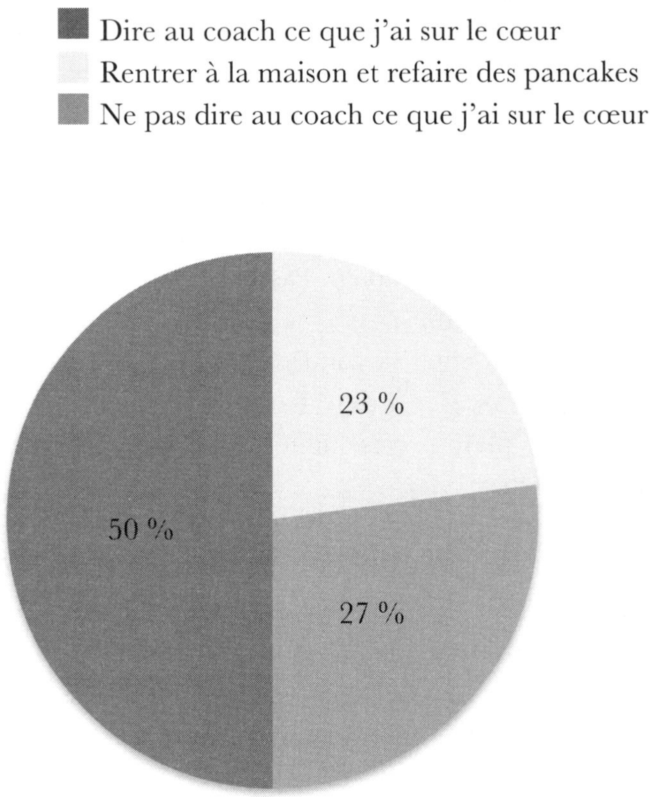

Et aussi d'un graphique :

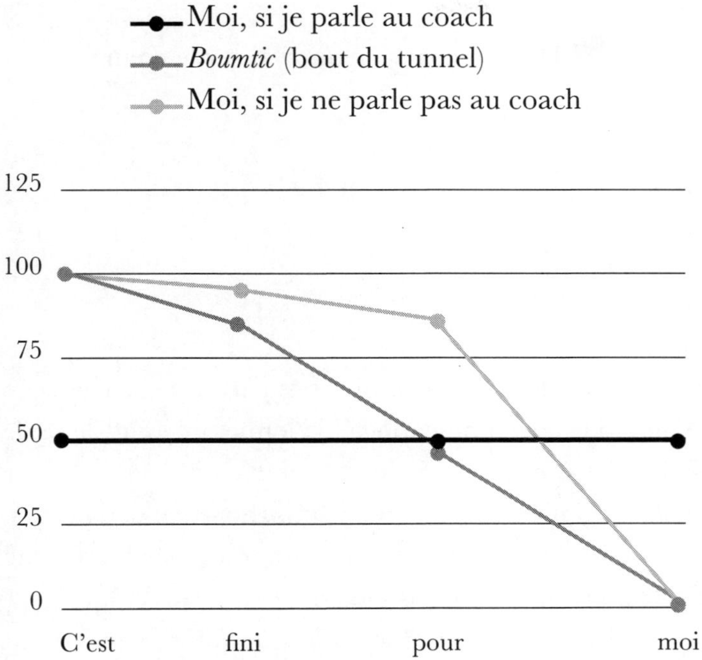


Je me suis dit qu'il valait mieux jouer la prudence. Mais je n'avais pas de sac à vomi sur moi, et les pancakes que j'avais mangés ce matin n'étaient plus qu'une pâte informe dans mon ventre. Une pâte amère qui me remontait jusque dans la gorge.

Cher Journal,

T'en fais pas. Je n'ai pas vomi. Mais j'ai eu très envie de le faire quand le coach m'a appelé de loin et m'a fait signe de venir, puis quand il l'a crié plus fort et m'a dit de me secouer un peu. Là, j'ai eu envie de me vomir moi-même, dans une espèce de *bleuuurp*, et de rester comme ça par terre, une épaisse flaque de liquide visqueux.

Aaron dirigeait les étirements à sa manière vachement trop sérieuse, et Lu l'imitait en exagérant chacune de ses mimiques — il en fait toujours des tonnes. Ghost et Patty essayaient de ne pas rire, et le coach leur a crié qu'il avait déjà bien trop de problèmes à régler et qu'il avait moyennement envie qu'on lui en rajoute. J'aurais voulu être avec eux à essayer de ne pas rire, mais j'étais trop occupé à essayer d'imaginer des façons de faire sortir de ma bouche le chat qui voulait à tout prix que je lui donne ma langue.

Je me suis aussi demandé si, par hasard, ce n'étaient pas moi, les problèmes à régler du coach.

J'avais même pas fini de me poser la question que le coach était debout devant moi, à m'ordonner de le regarder dans les yeux et de lui expliquer ce qui s'était passé samedi. Il m'a raconté qu'il avait d'abord cru que j'avais une crampe, mais qu'en me voyant sourire, il avait compris que ce n'était pas ça — ou alors, j'avais une crampe dans le cerveau. Je lui ai répondu que je savais pas comment l'expliquer.

« Essaye, il m'a dit.

– J'y arrive pas.

– Essaye encore. »

J'étais là, debout, avec toutes mes pensées qui faisaient *boing boing* dans ma tête. Peut-être que je pouvais m'en sortir par un mensonge. Mais je ne suis pas un menteur. Je pouvais peut-être lui expliquer que j'avais voulu donner à mes concurrents une chance de voir ce que ça faisait de gagner une course — ça, c'est juste un demi-mensonge, donc ç'aurait pas été si grave — et que ça tiendrait le public en haleine, d'autant que la semaine prochaine, je recommencerais à gagner. Sauf qu'en fait, je n'avais plus du tout envie de courir. Donc je me sentais mal à l'aise à l'idée de lui proposer ça comme explication. Mais je n'allais quand même pas tout lui dire… je ne voyais pas comment je pourrais le faire, d'ailleurs.

Le coach m'a dit qu'il attendait ma réponse. Il a penché la tête sur le côté, croisé les bras.

J'ai baissé les yeux.

« Regarde-moi dans les yeux ! »

J'ai levé le nez. Et je lui ai répondu que j'avais arrêté de courir parce que… j'étais fatigué.

Il m'a demandé ce que je voulais dire par là. Il m'a dit que ça sonnait faux, ou incomplet.

Je lui ai répondu que c'était vrai. J'étais fatigué. Je suis fatigué.

Le coach a penché la tête de l'autre côté, et je sentais qu'il commençait à s'agacer intérieurement, comme si quelque chose montait en lui.

Du coup, ça faisait un peu pareil chez moi. J'étais comme une bouteille de boisson gazeuse, avec des bulles qui montaient vers le haut, qui atteignaient le cou. Et là, soudain, *bleuuurp*. Les bulles sont sorties. Le bruit est sorti. Et le bruit, c'était ma voix qui prononçait ces mots : « J'ai plus envie de courir, coach. » Ma voix qui disait : « Parce que, je sais que je vous l'ai déjà dit, mais ma mère est morte en me donnant naissance, et mon père m'en veut, et c'est la seule raison pour laquelle je cours, mais j'ai rien fait, moi. J'ai rien fait de mal. J'ai plus envie de faire ça. »

Le problème, cher Journal, c'est que tu peux pas vraiment faire partie d'une équipe d'athlé si tu veux pas faire de l'athlé. Ça, je le sais. Mais vraiment, j'ai plus envie de courir. Et pourtant, je veux pas quitter mon équipe. Parce que je suis chelou. Alors le coach, qui avait l'air remonté, m'a demandé ce que j'avais envie de faire. Je lui ai répondu que je savais pas. Alors il m'a expliqué que je pouvais plus faire partie de l'équipe, que ça ne serait pas cohérent de me garder si je ne courais plus. J'avais envie de lui dire que la cohérence, on s'en fichait, mais il m'en a pas laissé le temps. Il a enchaîné direct en me disant qu'il m'aimait bien, qu'il m'aimait tout pareil qu'avant, et qu'il voulait voir si, par hasard, il pouvait pas m'aider à faire ce qui me plaisait vraiment. Je lui ai demandé s'il était sûr de son coup, et il m'a répondu que oui.

« Quelle que soit l'activité qui me fait envie ? j'ai demandé.

– N'importe laquelle », il m'a répondu.

Il fallait juste que je lui dise ce que c'était.

Alors je lui ai répondu que je voulais danser.

« Danser ?

– Danser. »

Et là, je me suis lancé dans ma choré. Elle m'a pris par surprise, comme si elle sortait de moi dans un *bleuuurp*.

Cher Journal,

Je dois bien reconnaître que c'était pas la plus belle démonstration de mes talents de danseur. Mes *boum* et mes *tic* étaient un peu fades, sans doute parce que j'étais… je sais pas. C'était aussi stressant que du Shakespeare. En plus, on avait à peine commencé à travailler cet enchaînement, avec Aurelia. Je le maîtrisais pas encore vraiment.

Le coach savait pas quoi répondre, alors il a gardé le silence. Pendant un bon moment. Pendant dix bonnes secondes, peut-être, qui m'ont paru aussi longues que dix bonnes minutes. Voire dix bonnes heures. J'ai entendu Curron dire un truc au loin, sans savoir précisément ce qu'il disait, mais j'ai compris qu'il parlait de moi parce que j'ai entendu Patty le moucher à sa façon. Ensuite j'ai entendu Whit recadrer Patty. Le coach s'est tourné vers eux un instant, puis il s'est retourné vers moi, le visage toujours aussi inexpressif que s'il portait un masque en plastique avec ses propres traits. Honnêtement, j'ai cru qu'il allait rigoler, alors j'ai regardé mes pieds, comme ça je risquais pas de le voir faire. Mais là, comme d'habitude, il m'a demandé de redresser la tête. Et puis il a dit un truc.

« Wow. »

C'est ce qu'il a dit, Journal. « Wow. »

Et il a ajouté que malheureusement, il ne connaissait pas de groupe de danse, de troupe de danse, d'équipe de danse, de collectif de danse, ou de club de danse. Je sais pas trop pourquoi il s'est senti obligé de le dire de toutes ces manières, mais je voyais bien qu'il ne cherchait pas à me blesser. Ça m'a quand même un peu picoté. Mais là, il s'est passé quelque chose de super bizarre. Quelque chose de tellement bizarre que, même maintenant que je suis en train de te l'écrire (ou de l'écrire en toi), j'ai encore du mal à le croire. Le coach a continué de me fixer pendant quelques heures-minutes-secondes de plus, en marmonnant quelque chose dans sa barbe. Marmonnant marmonnant marmonnant. Au fait, je me rends compte d'un truc : marmonner, ça fait pile le bruit qu'on fait quand on marmonne. Un peu comme le lactose quand je le digère. Et j'avais le ventre à peu près aussi affolé que lorsque je suis en train de digérer du lait, quand soudain, le coach m'a dit de refaire le *woush* de la fin. Et c'est comme ça qu'il l'a dit.

Il m'a dit : « Sunny, refais-moi le *woush* de la fin. » Le *woush* de la fin. Le moment où je tourne sur moi-même. C'était de ça qu'il parlait.

*Woush*, c'est le bruit qu'on fait quand on fait une rotation à trois cent soixante degrés.

J'étais interloqué, mais je me suis exécuté. C'était le coach qui me le demandait, donc…

J'ai woushé. Il m'a dit de le refaire. Alors j'ai rewoushé. Et là, il m'a dit de le suivre.

Cher Journal, je ne savais plus comment je m'appelais. Un instant je suis à deux doigts de vomir mes tripes, l'instant d'après je boumtic face au coach, et l'instant d'encore après je suis debout devant le coffre de son taxi, à le regarder fouiller dans ses affaires. Et tu sais ce qu'il m'a demandé, Journal, après avoir dégagé des sacs de sport et des maillots et d'autres trucs sur les côtés ? Tu sais ce qu'il m'a demandé, après avoir reculé lentement, tenant entre ses mains l'objet qu'il cherchait ?

« Tu as déjà entendu parler du lancer de disque ? » C'est ça, qu'il m'a demandé.

J'ai répondu que oui.

Il m'a demandé si je voulais essayer de lancer ce disque-là. « Pour l'équipe », il a précisé.

Alors je lui ai demandé pourquoi je ferais ça. Je suis un coureur, moi ! Enfin, j'en étais un.

Alors le coach a fait un tour sur lui-même en disant : « Woush ! » Puis il a reproduit le même mouvement. On aurait dit un danseur amateur, mais un vrai lanceur de disque. Il a répété : « Woush. »

Et… j'ai compris où il voulait en venir. C'était de la danse. Le lancer de disque, c'est de la danse. Le disque, c'est… du disco.

J'ai acquiescé.

Enfin, j'ai dit que j'allais essayer.

Cher Journal,

Il y a une chanson de cette musicienne dont je t'ai parlé, Cher. Oui, comme le surnom que j'ai donné au fauteuil de mes parents. Dans ce morceau, elle chante : *Do you believe in life after love?*

En gros, elle demande si on croit qu'on peut vivre après avoir aimé. Mais quand elle le chante, ça donne : *Do you beee-LIIIIIIIIIIIIIIIIEVE in life after love?* (« Est-ce que tu CROUAAAAAAAAAA… »)

*after love?* <-écho
*after love?* <-écho

Cher Journal,

Patty, Lu et Ghost m'ont surpris en train de parler avec le disque. J'étais assis sur le banc, j'attendais la fin de l'entraînement, et j'imaginais que cette espèce de soucoupe de métal était un vaisseau spatial avec de minuscules extraterrestres dedans, et que mon boulot à moi, c'était de découvrir comment le renvoyer dans l'espace. Sur la planète Discobulus, peut-être. Une planète faite d'étincelles et de verre et de rythme, une planète où les aliens dansent en levant le poing et en faisant onduler leurs bras comme des serpents. Et peut-être que c'est comme ça qu'ils communiquent. Ou peut-être que leur langage, c'est comme une ligne de basse. *Domp domp domp domp domp.* Et pile au moment où j'étais en train de domper, Lu, Ghost et Patty se sont approchés de moi.

Ghost m'a demandé si j'étais en train de parler au truc.

Patty lui a dit que ce truc, ça s'appelait un disque.

Ghost m'a demandé si j'étais en train de parler au disque.

Je lui ai répondu que oui. Parce que… c'était le cas.

Lu m'a demandé ce que je faisais avec ça.

Patty a demandé à Lu et Ghost pourquoi ils posaient des questions idiotes.

Et elle en a posé une intelligente. Pour de vrai. La seule bonne question à poser. Pourquoi avais-je arrêté de courir samedi dernier ?

Je lui ai répondu. Enfin, je leur ai dit à tous les trois que j'en avais assez, et même qu'à compter d'aujourd'hui, j'arrêtais de courir. Je venais de quitter l'équipe.

Là, ils sont devenus fous. Pas dans le bon sens du terme.

Mais alors je leur ai dit que j'avais montré au coach comment je dansais.

Là, ils n'ont plus rien dit. Ambiance bizarre.

Et tout le monde s'est mis à rire. Bonne ambiance.

Le coach nous a rejoints. Et on est tous rentrés chez nous.

Mais pas avant que le coach n'ait annoncé à tout le monde que j'étais — que je serais — le premier lanceur de disque de l'histoire des Défenseurs. Heeeiiin ?

Cher Journal,

Tu sais quoi ? Le chat a enfin rendu sa langue à Jamal. Et quand il l'a fait, j'étais justement assis dans la voiture à côté de lui, avec le disque sur les genoux. C'est peut-être le disque qui a dompté le chat.

« C'est quoi, ça ? » C'est tout ce qu'il a dit.

« Qu'est-ce que c'est ? »

Je lui ai répondu que c'était un disque, et que j'allais le lancer. Là il m'a demandé comment j'allais faire du lancer de disque tout en m'entraînant à courir le mille six cents mètres. Je lui ai répondu que j'avais abandonné la course à pied. Et dire ça, pour moi, ç'a été comme faire descendre de mon dos un chat très lourd, un lion, même, avec les griffes plantées dans ma chair, et le fourrer dans la bouche de Jamal avec l'autre chat, le voleur de langues.

Quand on est arrivés à la maison, j'ai couru à l'étage pour me changer et faire un bisou à mon disque. Je sais pas trop pourquoi j'ai eu envie de faire ça. J'avais juste le sentiment qu'il avait besoin de savoir qu'il allait devenir quelque chose d'important dans ma vie, et que je l'aimais pour tout ce qu'on allait accomplir ensemble. Je sais… c'est bizarre. Mais je lui ai pas non plus fait des gros *piou piou piou, mwah, mwah, smack, smack, smackounet*… Non, rien de tout ça. Juste un bisou normal.

Quand je suis redescendu, Jamal était assis dans le salon, dans son fauteuil, en train de repriser l'ourlet de son pantalon abîmé. Alors que je me versais un verre d'eau, Jamal s'est levé, a déposé son pantalon à plat en travers du fauteuil, et s'est rendu dans la salle de jeux, jusqu'à la grande table où notre puzzle était en cours de réalisation.

C'est comme ça que ça se passe à peu près tous les soirs, sauf si monsieur Nico vient nous rendre visite. Monsieur Nico, il est à l'origine de notre passion pour les puzzles. Je ne l'ai su qu'en grandissant, mais quand Jamal a fait son premier truc d'investissement, c'était avec monsieur Nico. Il a investi dans son entreprise, une fabrique de puzzles qui s'appelle Puzzle pour la Paix. Vous prenez une photo, vous l'envoyez par e-mail, et on vous renvoie un puzzle de votre image. L'idée est toute simple, à ceci près que les puzzles sont livrés sans modèle ni guide. Il n'y a rien de dessiné sur la boîte. On ne sait pas à quoi ressemble le puzzle tant qu'on n'a pas fini de le faire. Alors quand j'étais petit, avec Jamal, on travaillait sur des puzzles de ma mère tous les jours. Jamal avait des tonnes de photos d'elle, et d'eux, presque comme s'il voulait qu'on ait assez d'images d'elle à reproduire pour le restant de nos jours. C'était à chaque fois une nouvelle surprise. Des découvertes incessantes. Il me répétait sans arrêt qu'il voulait s'assurer que je sache qui elle était. Ou au moins à quoi elle ressemblait. Il voulait que je connaisse son sourire. Il a réussi. À chaque fois, il faut que je devine comment elle se compose — comment mettre toutes les pièces à la bonne place. À chaque fois. Je commence par les angles, les bords, puis j'avance progressivement vers le centre, en m'aidant beaucoup de mon imagination. Voilà une chose que Jamal m'aura apprise. Et à chaque fois qu'on en finit un, monsieur Nico nous en apporte un nouveau. Surtout que les puzzles gratuits, c'est le seul « retour sur investissement » que mon père ait jamais réussi à tirer de cette affaire.

À chaque fois qu'il nous rend visite, monsieur Nico fume un cigare avec Jamal. Il ne manque jamais de demander à mon père si par hasard il n'aurait pas envie de sortir avec sa sœur. Elle s'appelle Linda. Une fois, monsieur Nico nous a même refilé un puzzle avec le visage de Linda dessus. Là, pour le coup, la surprise était totale. J'ai trouvé qu'elle était jolie, mais on ne l'a jamais fini, celui-là.

Monsieur Nico n'est pas venu, ce soir. Alors Jamal n'a pas eu à faire ce petit rire bizarre qu'il fait à chaque fois qu'on lui demande ce qu'il pense de Linda. Il est donc allé se pencher au-dessus de la table, étudier les pièces d'un nouveau puzzle, et les déplacer une à une à la recherche des coins et des bords. Je me suis joint à lui.

Et je lui ai demandé s'il était en colère après moi.

Il a répondu que « colère », c'était pas le mot.

Je lui ai demandé ce que c'était, le mot.

Il a répondu qu'il avait acheté des trucs pour manger devant la télé ce soir.

Donc le mot, c'était « pas maintenant ».

Cher Journal,

Le mot, c'est « dégueu ».

Le mot, c'est « sec ».

Mon dîner avait le goût d'une pub télé.

Et pas une bonne. Une pub pour une assurance vie. J'ai aucune idée de ce qu'est une assurance vie, mais apparemment, les personnes âgées en ont besoin, vu que c'est toujours elles qu'on voit dans ces pubs. Voilà, donc. Mon dîner avait ce goût-là.

Le goût d'une pub pour une assurance vie.

Ou le goût d'un puzzle en carton.

Cher Journal,

Tu te rappelles ma chambre ? Je viens de me rendre compte que même si tu y as passé ta vie, tu es longtemps resté coincé dans un tiroir de mon armoire, avec de vieux jouets. Est-ce que tu te souviens des murs ? De leur couleur vert doux, comme le gazon juste avant que l'été ne le dessèche ? Tu te rappelles le plafond ? Blanc et plat, avec quelques cercles çà et là — comme des petits nids pour les ampoules, pour que le blanc du plafond soit encore plus blanc. Tu te rappelles la moquette, qu'on dirait faite de laine et de sommeil ? Ou la grosse peluche zèbre dans l'angle ? Tu te souviens du berceau de bébé ? Il est toujours là.

Cher Journal,

Tu vas lancer le disque, Sunny. Sun J le Coureur. Comment tu le sens ?

Je le sens bien. Enfin, j'ai l'impression. Il s'agit juste de jeter un petit disque à l'autre bout de la Terre. Tu vois ce que je veux dire ? Tu vois de quoi je parle, sur quoi j'écris, Sunny ?

Ouais, je vois. T'as peur que ça mette Jamal en colère ?

Il est toujours en colère.

Pas faux. On dirait presque que pour lui, la colère, c'est la joie.

Pas faux non plus. Sauf qu'il a pas l'air joyeux-joyeux. Pour moi, la joie, c'est aigu, ça fait *touip touip, biddy bip bip bouyo*. Ça, c'est joyeux. Pas comme son bla-bla. Pas comme ses *eeuuuuurrh*, ses *dooooohh*, et ses *beeeuuh* à la noix. C'est pas de la joie, ça, c'est de la colère. Et de la tristesse, peut-être.

Attends, Sunny, c'est moi ou tu viens de faire du scat ? Tu veux faire du jazz ? Je suis sûr que tu pourrais devenir chanteur de jazz. Tu as déjà le nom qu'il faut !

Oui, je crois bien que c'était du jazz. Mais j'en suis pas sûr. En tout cas c'était du son. Si le jazz, c'est du son, alors ouais. Je suis Sunny le Jazzman.

Détends-toi, Sunny le Jazzman. Essaye d'abord d'être Sunny le Discobole.

Ou le Discoman ?

Non, le Discobole.

D'accord, mais après ça, je répandrai le jazz sur la Terre entière, à coups de *scoubidi dou day diiii.*

Nul.

Bref. Tu crois que ça existe, les danseurs de jazz ?

Eh ! C'est toi qui devrais le savoir !

Je sais, et d'ailleurs, je le sais. Il existe bien une danse, la danse jazz. Mais j'ai du mal à l'associer au *flippity flap flam zingali zay wiii* de la musique jazz. Je parie que je pourrais inventer une nouvelle danse jazz qui aille mieux avec le scat.

Je suis sûr qu'il y a moyen. Ticboum tu resteras, sauf que ticboum scat tu deviendras, et d'ailleurs, si un jour l'envie te prend de changer de nom, celui-là pourrait être une option.

Ticboum Scat ? Mais pour quelle raison est-ce que je pourrais vouloir changer de nom ?

Parce que ton père n'a pas l'air du genre de personne à avoir un fils qui s'appelle Sunny.

Mais peut-être que ma mère, si. Aurelia a dit qu'elle était fun. Elle était même danseuse. Mais pas une super danseuse.

Comme toi, quoi.

Non, comme TOI. Moi, je suis un bon danseur. Et même un très bon danseur, parfois.

Mais oui ! Qu'est-ce que je raconte, moi ? Tu es Benjamin Millepieds. Au moins. Deuxmillepieds, même, peut-être.

Euh, c'est qui ? C'est quoi ta blague, là ?

Cherche pas.

Bref. Aurelia m'a aussi raconté que Jamal savait danser, lui aussi.

Bof. Ça, j'ai du mal à le croire. Ou alors c'était lui le vrai inventeur de l'homme-qui-court.

Je capte pas cette blague-là non plus.

Laisse béton.

Laisse bouton.

Laisse croûton.

Laisse coton.

Cotton.

Patty.

Patty ?

Patty.

D'accord.

Cher Journal,

Désolé pour ce dernier délire. Mais quand je te parle, je te parle, et parfois, c'est à moi que j'ai besoin de parler. Je sais pas si tout ça est très cohérent, mais tu sais ce que j'en pense, de la cohérence.

Bonne nuit.

# 5

MARDI

Cher Journal,

C'est mardi, et le mardi, c'est mon jour préféré jusqu'au jeudi, parce que le mardi, Aurelia et moi on va à l'hôpital, et on y retourne le jeudi. Je sais ce que tu penses : les hôpitaux sont des lieux où les gens n'aiment pas aller, et c'est justement pour ça que moi je les adore. Mon grand-père y travaille, et on a mis en place un truc qu'on fait pour donner un peu de joie aux gens qui n'ont pas envie d'être là, mais qui n'ont pas trop le choix.

Aurelia m'apporte toujours mon petit déjeuner, ces jours-là : des sandwichs à la saucisse. Donc on fait l'impasse sur les pancakes, les mesures et la séance cuisine, et on démarre direct à l'étape où on mange. Au fait, les sandwichs à la saucisse, c'est toujours un milliard de fois meilleur que les trucs pour manger devant la télé que Jamal rapporte à la maison parfois.

À l'hôpital, on n'a jamais à passer à l'accueil pour se faire enregistrer. C'est comme si on était des VIP. Pas des vieilles pies. On n'est pas des oiseaux. Juste des VIP, tu connais, non ? *Very Important People.* En vrai on n'est même pas des gens importants. On est juste des gens qui n'ont pas besoin de se faire enregistrer à l'hôpital, parce que tout le monde, surtout madame Melinda, la dame de l'accueil, sait que je suis le petit-fils du docteur Lancaster.

Donc Aurelia et moi, on s'assoit dans la salle d'attente. Il y a toujours d'autres gens qui attendent — et certains d'entre eux attendent peut-être aussi leur grand-père, mais pour d'autres raisons que nous. Beaucoup de gens ont le visage qui ressemble à de l'eau. On a l'impression que si on leur faisait une pichenette sur la joue, ça ferait des vaguelettes qui dureraient toute la vie. Souvent, ils restent assis sur leur chaise dans une position inconfortable. Une position qui donne l'impression qu'ils n'ont pas de bras. Qu'ils ne peuvent pas se tourner. Qu'ils ne peuvent pas trouver une façon de s'asseoir qui leur soit tolérable. Interdiction de se sentir bien tant que le grand-père qu'ils attendent ne sortira pas, frais et pimpant, par la double porte sur laquelle ils ont les yeux rivés.

Mon grand-père est sorti par cette même double porte. Frais et pimpant. Il a une façon de marcher qui a quelque chose de victorieux. Comme si la marche avait été inventée rien que pour lui. Quand il marche, il pourrait aussi bien chanter : « Ooh yeah, ooh yeah, t'as vu ça comment je marche ? Ooh yeah. » Il marche comme s'il se retenait de danser.

Cher Journal, tu te souviens de papi, hein ? Il va aussi bien que la dernière fois que tu as entendu parler de lui. Il soigne toujours les gens, il est toujours en transit entre la salle d'attente, les chambres de ses patients et son bureau — qui ressemble un peu à un salon de tatouage. La grosse différence, c'est que le salon de tatouage où je suis allé avait ses murs tapissés d'affiches qui représentaient l'extérieur du corps des gens, tandis que dans le bureau de mon grand-père, c'est l'intérieur du corps des gens qui s'affiche en gros plan.

C'est toujours dans son bureau qu'il nous emmène en premier. C'est l'endroit que j'ai choisi pour lui confier que Jamal était en colère.

Papi m'a demandé pourquoi.

Je lui ai répondu que c'était parce que j'avais abandonné la course à pied.

Là, Aurelia a crié : « LIBERTÉÉÉÉ ! »

Papi a ignoré Aurelia, et m'a demandé pourquoi j'avais laissé tomber, vu que c'était quelque chose que j'avais fait toute ma vie.

Je lui ai expliqué que je n'avais toujours couru que pour ma mère. Et pour mon père. Et pour ma mère.

Il a répondu, comme s'il réfléchissait tout haut, que c'était parce que ma mère courait.

Bravo, Sherlock !

J'ai pas dit ça, hein, je l'ai juste pensé. Ce que j'ai dit, c'est : « Et elle dansait aussi. Et à choisir, j'aimerais mieux bouger. »

Il a regardé Aurelia.

Elle a détourné les yeux.

Papi a répondu que quand on court, on bouge.

J'ai répondu que non. Qu'on ne bouge que quand on danse.

Le visage de papi s'est mué en un point d'interrogation.

Et le mien, en point final.

Cher Journal,

Ce n'est pas à papi qu'on rend visite quand on vient à l'hôpital, avec Aurelia. Enfin, techniquement, si, mais en vrai non. On vient rendre visite aux papis des autres gens. Aux Aurelia des autres. Et même parfois aux Sunny des autres. On rend visite aux patients. Pas pour leur apporter de jolies cartes, des bouquets de fleurs ou des cadeaux. On leur apporte bien mieux que ça. On leur apporte le *boum kaboum* et le *tikitty tic. Le boumtic, ticboum !* Mais d'abord, il faut qu'on se fraye un chemin parmi tous les bip-bips qui jonchent le parcours jusqu'au service d'oncologie. C'est là que sont soignés les patients atteints d'un cancer. Ça me démoralise que ce mot ressemble autant à dance. Et à cadence. Et à romance.

À propos de romance : monsieur MacAfee. Il n'a plus de cheveux. Ni de poils — barbe, sourcils… rien. Il se remet d'une nouvelle opération au cours de laquelle on lui a enlevé une tumeur. Une nuit de plus sous le scalpel, une nuit de plus sous perf. C'est ce qu'il avait répondu quand papi lui avait demandé comment il se sentait. Mais il adore Aurelia. Il lui dit toujours que son nom lui fait un drôle d'effet dans la bouche quand il le prononce. Je sais qu'il dit ça pour la taquiner, mais ça me fait rire à chaque fois parce que je suis d'accord avec lui, et c'est aussi pour ça que j'adore son prénom ! Oh-ray-li-ah.

Madame Jenkins. On la rencontrait pour la première fois. Elle est nouvelle dans le service. Cancer du sein. Elle est jeune, et quand on est entrés dans sa chambre, elle était en train de replacer sa perruque. On lui a dit que ça lui allait bien, et c'était vrai, mais elle ne nous a pas crus. Sur sa télé, il y avait une pub pour une assurance vie. Je lui ai dit qu'elle en avait pas besoin. Que c'était que pour les personnes âgées.

J.J., dont le vrai nom est Jennifer, a le cancer du poumon. Avant, je l'appelais madame Jennifer, mais elle a horreur qu'on l'appelle madame quoi-que-ce-soit, alors même si elle est trop vieille par rapport à moi pour que je l'appelle par son prénom, elle a longtemps insisté pour que je l'appelle « juste Jennifer », donc j'ai commencé à l'appeler Juste Jennifer, ce qui a fini par devenir J.J. Elle porte le plus rouge des rouges à lèvres que j'aie jamais vu.

Ian, qui a mon âge et lit des mangas toute la journée, a une tumeur au cerveau ; Parfait John (c'est son vrai nom) a le cancer du pancréas ; madame Felicia a un cancer de l'estomac, ne regarde que les infos, et s'énerve toujours quand on arrive parce qu'elle pense que le monde court à sa perte et que ce n'est pas le moment de danser. Mais on danse quand même, et elle est contente quand même.

Avec Aurelia, on danse pour chacun d'eux.
Cinq, six, sept, huit…

*Épaules, épaules, coupe de pied, recule,*
*Tape des mains, dab, vague, tour.*
*Épaules, épaules, coupe de pied, recule,*
*Tape des mains, dab, vague, tour.*

Et tous rient, battent le rythme, applaudissent et sourient. Aujourd'hui, madame Jenkins a même enlevé sa perruque d'un geste théâtral pour l'agiter dans tous les sens comme un drapeau de cheveux.

Cher Journal,

Monsieur Rufus mérite son propre chapitre.

Il est beaucoup plus vieux que moi, mais il est cool. Je ne sais pas quel genre de cancer il a, mais il l'a depuis un bout de temps. Pourtant, c'est toujours sympa, quand on lui rend visite. Il est toujours content, même si sa voix est affaiblie. Un peu comme quand quelqu'un te réveille trop tôt le jour de ton anniversaire et que ta voix n'est pas encore complètement opérationnelle mais que tu es quand même tout joyeux. Monsieur Rufus, c'est un peu ça. À chaque fois que je le vois, je lui fais coucou de la main d'une façon malhabile, et lui me répond d'un geste à peu près aussi maladroit… comme avec n'importe quel coucou de la main, en fait, parce que je sais pas si tu le sais, Journal — je vois pas pourquoi tu le saurais —, mais faire coucou de la main, c'est toujours un peu ridicule. C'est toujours gênant.

Bref, monsieur Rufus a les yeux qui brillent et de lourds cernes juste au-dessous, et les dents les plus éclatantes que j'aie jamais vues. Comme de minuscules écrans de télé alignés les uns à côté des autres. Il est toujours en train de se vanter que ce sont toutes ses dents d'origine, mais vu comment les infirmières lèvent les yeux au ciel quand il le dit, je le soupçonne de mentir un petit peu. Mais ce n'est pas pour ça qu'il mérite son chapitre à lui tout seul.

Il mérite son propre chapitre parce qu'il est de loin le meilleur danseur que j'aie jamais vu. On voit bien qu'il sait ce qu'il fait. Il me raconte souvent qu'il était danseur dans une émission de télé qui n'existe plus et qui s'appelait *Soul Train*. Et pour le coup, là-dessus, je le crois. Tu as déjà entendu parler de cette émission, Journal ? Je ne l'ai jamais vue, mais monsieur Rufus, Aurelia et papi racontent que c'était une sorte d'émission de danse où des groupes de musique venaient jouer pour que des jeunes gens bien habillés puissent montrer leurs *boum* et leurs *tic* à la télé. J'ai demandé à monsieur Rufus si Cher était déjà venue dans cette émission, et ça l'a fait rire. Je sais pas trop pourquoi... Sa musique est super pour danser.

Mais ce que je sais, c'est que monsieur Rufus est au top sur les *boumtic*. Je l'ai vu faire, et son corps se disloque un peu, puis se reconstruit, un peu comme une vidéo bourrée d'effets spéciaux mais en vrai. Il raconte aussi qu'à son époque, il était super fort pour les rotations, les glissades, et que la foule se mettait en transe à chaque fois qu'il faisait le grand écart. J'ai essayé d'en faire un, une fois. Ça s'est pas super bien passé. Et ça ne m'a pas fait du bien. Bref, quand papi, Aurelia et moi on débarque dans la chambre de monsieur Rufus, il redresse toujours un peu le lit pour ne pas être complètement allongé, et quand la musique démarre, il se met à gigoter dans son lit, en rythme, comme si son corps essayait de se détacher du lit, de s'enfuir de là. C'est d'ailleurs peut-être le cas. C'est comme si son corps comprenait de lui-même à quoi sert la danse : ce n'est pas seulement quelque chose qui se regarde. Il faut en faire, pour se rappeler à soi-même que l'on est encore… soi-même. Que le nous invisible qui habite dans notre corps, celui qui nous parle et nous anime, est bien vivant et peut apporter, comme le dit monsieur Rufus, « de l'amour, de la paix, et un supplément d'âme au monde extérieur. »

Cher Journal,

Tu as déjà entendu parler du steak Salisbury ? C'est comme un steak haché trempé dans une sauce spéciale qui, j'imagine, s'appelle la sauce Salisbury. Il y a en a, à la cafétéria de l'hôpital. Il y a longtemps, Aurelia m'a raconté que Salisbury, c'était le nom d'une ville. Si c'est vrai, tu peux me croire, dès que l'occasion se présente j'y vais. Si ça se trouve, il pleut de la sauce Salisbury à Salisbury. Enfin, non, ça, ça serait assez dégoûtant. Mais peut-être qu'il y a des lacs de cette sauce. Ce serait mieux que de la pluie. Et si c'est le cas, peut-être que je me mettrai à un nouveau sport.

À la natation.

Cher Journal,

À l'entraînement, le mardi, c'est technique, et jusqu'à présent, ce jour-là, je travaillais ma foulée. Là, je n'ai plus vraiment de foulée à travailler. Donc l'ambiance était bizarre pour moi. J'ai fait les étirements habituels, et tandis que j'atteignais mes orteils, qu'Aaron faisait le décompte, que le coach et Whit étaient sur le côté à regarder leur feuille de travail (et sans doute à rayer mon prénom de la liste), Lynn, qui court aussi le mille six cents mètres, m'a demandé pourquoi je m'étirais, vu que je ne suis plus un coureur. Elle a dit ça d'une drôle de façon, comme si elle voulait que chaque mot soit une morsure.

Je lui ai répondu que je suis toujours un coureur. C'est juste que je ne cours plus.

Elle a répliqué que c'était pas super cohérent, tout ça.

J'avais envie de lui dire que la cohérence, c'est pas le truc le plus important. Que ça existe déjà et que c'est pas à nous de la créer.

Mais elle aurait dit que c'est débile.

Elle a ajouté que j'étais le meilleur du district dans ma catégorie et que j'étais débile d'abandonner. Donc j'ai quand même eu droit au mot « débile ».

C'est là que Patty est intervenue, et avant qu'elle ait le temps d'envoyer ses propres mots-morsures à la face de Lynn, Lu s'en est mêlé pour calmer le jeu. Puis il a prononcé un petit discours devant tout le monde pour expliquer que parfois, dans la vie, les choses changent, et que justement, moi, j'avais changé quelque chose. Mais que pour le reste, ça ne changeait rien : je faisais toujours partie de l'équipe, et il fallait me soutenir dans mon choix. J'ai trouvé ça vraiment sympa de sa part.

Là, pour le chambrer, Brit-Brat l'a appelé Dr. Phil, comme le coach psycho qui passe à la télé. Et d'une autre façon, j'ai trouvé ça sympa aussi.

Aaron a rembarré Lu. Il lui a dit qu'il n'avait qu'à courir le mille six cents mètres à ma place, s'il avait tellement envie de me soutenir. Il a prononcé le mot « soutenir » d'une façon qui n'exprimait pas des masses le soutien.

Alors le coach, comme venu de nulle part, a crié sur tout le monde et mis fin au débat. Et moi, la seule chose à laquelle j'arrivais à penser, c'était à quel point c'était impossible — mais *totalement* impossible — que Lu ait les jambes pour courir le mille six cents mètres. IMPOSSIBLE.

Impossiiiiiiiible !

Mais… il serait fichu d'essayer.

Cher Journal,

Depuis tout ce temps, je ne savais même pas qu'il y avait un rond en béton sur le terrain. Attends, je m'explique. La piste court tout autour d'un terrain. Et sur ce terrain, vers le virage des deux cents mètres, il y a un rond en béton. Comme une zone où la terre est chauve. Je ne l'avais jamais remarqué. J'imagine que l'herbe a toujours été suffisamment haute pour le cacher.

Le coach a dit que ce rond sans pelouse serait ma nouvelle maison. Et que tout ce qu'il y a de grandiose en moi allait sortir grâce à ce petit espace. Il a dit que tout ce que je ferais dans ce petit rond affecterait le chemin que je parcours en dehors. Ou un truc dans le genre. Tu sais comment il est, le coach. Tiens, au fait, non : tu n'en sais rien ! En tout cas, si tu le connaissais, tu saurais que parfois, il parle le Shakespeare couramment.

Comme c'est mardi-technique, et comme je ne sais rien sur le lancer de disque, le coach a voulu me décomposer le geste, étape par étape. Il n'arrêtait pas de répéter que c'était comme danser, et qu'il fallait bien que je garde à l'esprit la partie de mon enchaînement qui fait *woush*. La rotation. Sauf que ce que je devais faire, c'était une double rotation. Un *woush-woush*.

Plus précisément : un *woush-woush*, puis un lâcher. C'est ce que le coach m'a dit.

Je l'ai repris : c'était donc un *wous-woush-aah*, qu'il voulait que je fasse.

Il a hoché la tête, l'air de dire « si tu le dis », puis il m'a montré chaque étape de la chorégraphie.

Debout, bien droit, genoux un peu fléchis.

Écarter les bras comme des ailes.

Balancer le corps d'avant en arrière avec les mains droites et solides, qui fendent l'air.

Compter jusqu'à trois.

À trois, faire pivoter la jambe droite à deux cent trente degrés. (Le coach a dit pas à trois cent soixante, mais pas à cent quatre-vingts non plus. Je lui ai dit que c'était deux cent trente.)

Ça, c'est le premier *woush*. J'ai répété ces étapes, encore et encore

et encore et

encore encore encore encore

jusqu'à la fin de l'entraînement. Le coach m'a promis qu'on verrait demain pour le second *woush*. Je lui ai demandé quand j'aurais le droit de lancer le disque. Il a répondu qu'il faudrait d'abord que j'apprenne à faire *woush-woush*, et qu'ensuite mon vœu serait exaucé. Aah.

Cher Journal,

Jamal m'a demandé comment s'était passé l'entraînement, ce qui était bon signe : peut-être que la colère décolérait. Alors je lui ai parlé du disque, des *woush* et des *woush-woush*, de la façon dont Lu avait pris ma défense, de la réponse d'Aaron qui l'avait mis au défi de courir le mille six cents mètres, et de l'impossibilité que Lu puisse un jour courir une si longue distance, parce que je ne l'avais jamais vu courir plus de dix secondes à la suite et que pour courir sur un mile complet, comme moi, il faut accepter de courir pour toujours. Là, Jamal a souri un tout petit peu. Pas assez pour que ce soit un vrai sourire, mais au niveau de sa bouche, son masque de colère s'était fissuré.

Quand on est rentrés à la maison, j'ai préparé un dîner à manger devant la télé. Enfin, par « préparer », je veux dire « réchauffer au micro-ondes ». C'était du poulet, de la purée de pommes de terre et des petits pois. On aurait pu dire que ça avait le goût de poulet, de purée de pommes de terre et de petits pois si le poulet, la purée de pommes de terre et les petits pois avaient le même goût que le plastique et que ce plastique avait fondu. Jamal s'en est fait une assiette pour lui, et pendant qu'on mangeait, il m'a dit que papi l'avait appelé.

« Il a dit quoi ? » j'ai demandé.

Jamal m'a répondu que papi lui avait conseillé de parler avec moi des raisons pour lesquelles j'avais abandonné la course de fond.

J'essayais de trouver les mots pour lui répondre, quand la sonnette a retenti. Impossible de savoir si la sonnette m'adore ou me déteste. Si elle m'interrompait ou me sauvait la mise.

C'était monsieur Nico.

Il est entré comme d'habitude : en chantant. *Do you believe in life after love?* La chanson de cette dame, Cher. C'est grâce à monsieur Nico que je sais qui c'est, parce qu'il est toujours en train de chanter cette chanson, et qu'à chaque fois, c'est pour lui une façon rigolote de signaler à mon père qu'il va lui reparler de son idée de lui présenter sa sœur, Linda. Et ça, ça voulait dire que Nico et mon père allaient sortir fumer des cigares et discuter en tête à tête, et j'ai horreur de l'odeur des cigares, et j'ai horreur de la manière dont parlent mon père et Nico, alors je suis allé m'isoler dans la salle de jeux pour essayer d'avancer sur le puzzle.

Pour le moment on n'avait qu'un des côtés de complet, et aussi le haut de la tête de ma mère, et son front. J'essayais de trouver ses yeux. Cher Journal, si tu savais combien de pièces de puzzle ressemblent à des yeux. Ou à des morceaux d'yeux. À des cils. À des rétines. Mais j'ai réussi à faire le gauche en entier, et une partie du droit, alors je suis monté dans ma chambre pour essayer de fermer les miens.

Cher Journal,

Il est tard et je n'arrive pas à dormir. Parce que le silence a été dessilencé. Du bruit. À travers la porte de ma chambre. J'aurais bien aimé que ce soit un truc cool, comme des harpes ou des tambours, ou même les craquements bizarres que fait cette maison quand elle « s'ajuste », comme le dit parfois Jamal. Mais même pas. C'est juste mon père qui s'étouffe dans ses propres ronflements. Qui s'étouffe dans son sommeil. Il faut sûrement qu'il trouve une autre position, qu'il se mette sur le côté, peut-être.

Il n'est pas en train de s'étouffer.

Pas du tout, même.

Je crois qu'il est en train de pleurer.

# 6

# MERCREDI

Cher Journal,

On est mercredi matin, et je fais comme si je n'avais pas entendu Jamal pleurer hier soir. Je lui ai dit bonjour, il m'a répondu bonjour — l'ambiance n'était pas trop mauvaise, donc. Elle était meilleure en tout cas que ces trois derniers jours. Mais je me demande s'il disait juste bonjour de la même manière que les gens répondent « bien » à la question « comment ça va ? » juste parce que c'est la réponse que tout le monde donne, et que c'est juste plus facile que de dire la vérité, qui pourrait être, par exemple… « Bof, je suis constipé. » Je ne suis pas certain qu'on puisse se trouver dans un « bon jour » après avoir passé une mauvaise nuit, et Jamal avait l'air d'avoir passé une mauvaise nuit. Mais moi, je n'avais pas le courage de lui poser des questions. C'est pas que je flippais parce que je l'avais entendu pleurer. Les pleurs, c'est les pleurs. Comme le rire, c'est le rire. Comme la cohérence n'a pas besoin qu'on la cherche : elle est déjà là. Ouh là ! Je me prends pour le coach ou quoi ? Ou pour Shakespeare. Sunny Shakespeare, enchanté. Bref, ce que j'essaye de dire, c'est qu'entendre mon père pleurer, c'est normal.

À chaque fois qu'on termine un puzzle et qu'il faut le défaire pour le ranger dans sa boîte, il pleure.

À chaque anniversaire, il pleure. Que ce soit le sien ou celui de ma mère. Ou le mien.

Ou leur anniversaire de mariage. Ou l'anniversaire de la mort de ma mère. Qui est aussi mon anniversaire.

À chaque fois que je termine une course premier, il pleure. Pas devant moi. Il pleure le soir.

Mais il n'a pas pleuré, ce week-end. Pas de victoire, pas de pleurs. Et j'ai appris, il y a bien longtemps, à ne jamais venir le voir dans ces moments-là. À le laisser tranquille. Quand j'étais petit (je devais avoir six ans), je lui ai demandé si ça allait et il m'a hurlé dessus. Et ce hurlement, je n'avais jamais rien entendu de tel. La gorge de mon père vrombissait comme un moteur, et son regard me faisait l'effet de phares de voiture, comme ceux qui piègent les lapins la nuit. C'était comme s'il était devenu une machine prête à me rouler dessus. Il ne l'a jamais fait, mais… je ne prendrai plus jamais ce risque.

Cher Journal,

As-tu déjà entendu parler d'un film intitulé *Baraka* ? Sans doute pas. Moi, j'en avais jamais entendu parler. Et quand Aurelia m'a dit qu'on allait voir *Baraka*, au début j'ai cru qu'elle parlait de Barack Obama, l'ancien président des États-Unis, et je lui ai demandé comment elle le connaissait.

Elle ne comprenait pas ma question.

Alors je lui ai redemandé. « Comment tu connais Barack Obama ? »

Elle a répondu : « Baraka. Ba-ra-KA. » C'est un film, cher Journal, et tu devrais le regarder à l'occasion. Je sais que tu ne peux pas, car tu es un journal. Mais si tu étais vrai — enfin, tu es vrai, vu que tu es là avec moi, mais je veux dire si tu étais vrai comme une personne —, alors je te dirais qu'il faut absolument que tu le voies. Je l'ai regardé aujourd'hui. Aurelia m'a emmené en sortie scolaire — exactement comme si j'allais voir un film avec le collège. Elle a dit que ça compterait pour le cours d'histoire et de sciences sociales.

Nous avons pris la voiture jusqu'à un vieux cinéma. Enfin, le lieu avait l'air vieux. Aurelia m'a expliqué qu'en fait le cinéma n'était pas si vieux et que, simplement, on y passait des vieux films.

On a commandé du pop-corn, des oursons multicolores, des fils multicolores, des crocodiles (multicolores aussi) et des nachos. Et de l'eau, parce qu'Aurelia dit toujours que la santé est la plus grande des richesses. On a tout trimballé dans la salle, et heureusement on était les seuls spectateurs, alors on a choisi les meilleures places, en plein milieu. Aurelia a fait ce geste pour mimer la tête qui explose et le bruitage qui va avec : *prrrrrr*. Elle m'a dit de me tenir prêt.

Prêt à quoi ?

C'était la question que je me posais quand le film a commencé. Une flûte s'est mise à jouer de longues notes interminables. *Flûûûûûte. Flûûûûûte.* Chaîne de montagnes. Du grand, du beau, de la pierre. Et là, soudain, on voit un singe dans une baignoire. Je sais que ça peut paraître idiot, mais si tu le voyais, tu serais incapable de détourner le regard, avec toute cette *flûûûûûte, flûûûûûte* qui résonne en fond sonore et ce singe assis là, dans un bain, avec de l'eau jusqu'au cou, en train de se détendre, face caméra. Et moi je suis assis dans mon fauteuil de cinéma, en train de me demander où se trouve ce singe, et dans quelle contrée lointaine Dieu leur a fabriqué ce genre de baignoires tout confort. Et là…

Tout partout.

Des gens, qui courent et qui dansent et qui pleurent et qui travaillent et qui marchent et qui tournent et qui bougent et qui bougent.

Des animaux, qui grimpent et qui luttent et qui meurent et qui courent et qui valsent et qui bougent et qui bougent.

Des choses, comme des voitures et des bus et des horloges et le soleil et la lune, qui font tic tac et qui changent et qui virent de bord et qui s'écrasent et qui bougent et qui bougent.

Et la *flûûûûûte* est rejointe par des *boum boum boum* et des *tap tap* et des symphonies et des armées de percussions et tellement d'autres choses que je ne saurais pas comment tout expliquer. J'imagine que la meilleure comparaison à te proposer, cher Journal, c'est de t'imaginer tel que tu seras lorsque j'aurai rempli chacune de tes pages, peut-être. Ou tel que tu serais si chaque personne habitant sur cette planète venait écrire en toi en même temps. Voilà à quoi ressemble ce film. Ou quelque chose dans le genre. C'est difficile à expliquer, mais *baraka* doit vouloir dire quelque chose comme « waouh ». Soit « waouh », soit le bruit que font les larmes, mais pas celles qui sortent. Celles qui restent à l'intérieur. Ouais, c'est peut-être ça, la *baraka*. Parce que c'était un peu ce que je ressentais à la fin du film. Peut-être que j'aurais dû pleurer. Mais je ne l'ai pas fait. Et pourtant une partie de moi se disait que c'était peut-être ce qu'il fallait faire. Et honnêtement, je savais même pas pourquoi.

Pendant le générique de fin, Aurelia a expiré comme si elle avait retenu sa respiration tout au long du film, et m'a demandé ce que j'en pensais.

J'avais même pas touché au pop-corn. Ni aux nachos. Ni à aucun des bonbons.

Je lui ai dit que je savais pas.

Puis elle m'a demandé si j'avais compris de quoi ça parlait. Je lui ai répondu que je ne savais pas non plus, mais qu'une partie de moi semblait savoir, sans que je le sache vraiment.

Aurelia m'a donné son avis sur le sens de ce film. Pour elle, le message de ce film, c'est que tout bouge. Tout. Même les choses qui ne bougent pas bougent, parce que le monde lui-même bouge. Il tourne, donc tout est en permanence en train de bouger. Elle, moi, Jamal, et même toi, Journal. Le film raconte que d'une certaine manière, tout est connecté. Parfois, Aurelia dit des choses profondes, comme le coach. J'aime bien quand elle fait ça.

Cher Journal,

L'entraînement, c'était marrant aujourd'hui. En quelque sorte. Surtout le moment où j'ai essayé d'expliquer *Baraka* à Patty pendant les étirements. Ça, c'était marrant.

Je lui ai expliqué que le film était du genre qui fait réfléchir. Mais vraiment. Étirement.

Elle ne m'a pas cru quand je lui ai dit qu'il n'y avait pas de dialogues dedans. Étirement.

Je lui ai répété, encore et encore, qu'il n'y avait que de l'action. Étirement.

Patty n'arrivait pas à l'imaginer. Lu, oui.

Il a répondu que le jour où on ferait un film sur lui, il n'y aurait que de l'action. Étirement.

Là, Aaron s'est incrusté dans la conversation, tout essoufflé, en mode brutasse, et il a lancé que personne ne ferait jamais le moindre film sur Lu. On change de jambe !

Lu a répondu qu'il y aurait un film sur lui avant qu'il y en ait un sur Aaron. Je suis assez d'accord avec ça.

Ghost a dit : « Olé ! »

Patty a rigolé. J'ai rigolé. Et là, Aaron a dit que j'avais pas le droit de rire, parce que c'était une conversation de coureurs.

J'allais lui répondre que je ne savais pas que les conversations de coureurs, ça existait, mais avant que j'aie le temps de dire ouf, Lu était en train de lui dire qu'il avait raison. Et que je n'étais plus un coureur, mais un lanceur. Et là, en levant les deux poings, il a ajouté que lui aussi avait choisi de se mettre au lancer, et plus précisément au lancer de poing, et qu'il allait commencer à s'entraîner dans la figure d'Aaron.

Patty a fait ce drôle de bruit qu'on fait quand on souffle de l'air par le nez en faisant « o » de la bouche, cette espèce de rire silencieux et impressionné qui fait *gkishhh*. Ghost a hoché la tête en levant les poings à son tour, et évidemment, le coach est arrivé en disant qu'il espérait bien que toutes ces petites mains étaient prêtes à travailler la posture. Puis il a demandé à Lu de faire des petits groupes. Pas à Aaron. À Lu.

Ghost a répété : « Olé ! »

D'ailleurs, cette journée aurait pu s'appeler « mercredi olé », parce que pendant que tout le monde se coltinait les échelles, ce qui aurait été trop facile pour moi (courir sur quatre tours, puis trois, puis deux, puis un, puis deux, puis trois, puis quatre, pour un total de huit mille mètres), eh bien moi, je devais tourner sur la même piste, autour du terrain. Comme la Terre tourne autour du soleil : en tournant sur elle-même.

Le coach m'a expliqué que l'idée, c'était de travailler la seconde rotation. Le second *woush* dans *woush-woush*. J'ai donc pu compléter ma liste des règles du *woush-woush* :

6. Puis enchaîner avec un second tour à cent quatre-vingts degrés, pour réaliser le second *woush.*

Mais pour m'entraîner, il a voulu que je suive l'une des lignes blanches de la piste, l'une des lignes qui séparent les couloirs entre eux, et plutôt sur l'extérieur, pour que je ne me trouve pas sur le parcours des coureurs. Le coach m'a dit de garder les pieds sur la ligne. Que chaque pas (celui qui suit le deux cent trente degrés et celui qui suit le cent quatre-vingts degrés) devait atterrir sur cette même ligne. Il m'a fait une démonstration, pour que j'aie une idée plus précise de ce qu'il attendait. Puis il a recommencé. Encore. Et encore. Plus vite. Quand il le faisait au ralenti, il était presque comique, mais une fois qu'il s'est mis à accélérer, on aurait presque dit une ballerine. Une ballerine en train de marcher dans la rue si les ballerines n'étaient pas obligées de marcher normalement et qu'elles avaient envie de montrer à tout le monde ce qu'elles savent faire. Il tournoyait en sautillant — Aurelia appelle ça l'*allegro* — et je trouve que c'est assez beau, en fait.

Un tour, un pas. Un tour, un pas.

Un tour, un pas. Un tour, un pas.

Le coach m'a dit que c'était comme la danse classique.

Je lui ai demandé s'il s'y connaissait en danse classique.

Il a répondu que non.

Je lui ai dit que moi, je m'y connaissais un peu. Et qu'en effet, ça s'en rapprochait.

Cher Journal,

Sur le chemin du retour, j'ai tenté d'expliquer *Baraka* à Jamal. Lui aussi, il a cru que je parlais de l'ancien Président, et quand il a compris que ce n'était pas le cas, il a ri. Juste un petit peu. Mais ce petit rire m'a donné envie de lui en dire plus. Je lui ai parlé du singe dans le bain, et ça nous a occupés pendant les embouteillages, alors qu'on s'agglutinait tous sur la route pour essayer de rentrer. J'ai aussi évoqué tous les gens dans ce film, qui couraient et dansaient et pleuraient et travaillaient et tournoyaient et bougeaient et bougeaient, tandis qu'on sortait de la voiture, qu'on entrait dans la maison et qu'on réchauffait des trucs à manger. C'était censé être des sortes de steaks hachés, mais Jamal appelait ça « de l'animal ». Je lui ai parlé des animaux dans *Baraka*, de tous ces animaux qui grimpent et qui luttent et qui meurent et qui courent et qui valsent et qui bougent et qui bougent, et là on est arrivés dans la salle de jeux, on a rejoint la grande table où étaient éparpillées les pièces du puzzle, et les yeux de ma mère — Jamal les avait faits tout seul la nuit dernière — nous regardaient sans être attachés à quoi que ce soit, comme des points aléatoires d'ombre et de lumière, et j'ai parlé à Jamal des voitures et des bus et des horloges et du soleil et de la lune, qui font tic tac et qui changent et qui virent de bord et qui s'écrasent et qui bougent et qui bougent. Et de la *flûûûûûte. Flûûûûûte.* Un timbre qui sonne aussi triste que joyeux. Et cet équilibre entre tristesse et joie m'a donné envie d'évoquer les raisons pour lesquelles j'avais arrêté de courir.

J'ai demandé à Jamal pourquoi il ne m'avait pas posé la moindre question le jour où c'était arrivé.

Il m'a répondu qu'il m'avait demandé hier, mais que Nico était arrivé pile à ce moment-là.

J'ai répondu qu'il m'avait dit que c'était papi qui lui avait conseillé de me poser la question.

Il a répondu que c'était vrai.

Alors je lui ai redemandé pourquoi lui ne m'avait pas posé la question dès le début.

Il m'a demandé de quelle question je parlais, au juste.

Je lui ai répondu qu'il aurait pu juste me demander pourquoi j'avais fait ça.

Alors il l'a fait. Il m'a juste posé la question, tout en m'aidant à reconstituer la joue de ma mère sur le puzzle.

Et je lui ai répondu. Enfin, pas seulement. D'abord, j'ai compté jusqu'à dix dans ma tête. Je sais pas pourquoi, après tout ce chemin parcouru pour avoir enfin cette conversation. J'imagine que j'essayais de réfléchir à la meilleure façon de m'exprimer. Un, deux, trois, quatre, cinq, six, sept, huit, neuf, dix. Et là…

Cher Journal, je vais essayer de t'expliquer comment ça s'est déroulé, mais il est possible que je ne range pas tout dans l'ordre. Enfin, j'essaye quand même. Voilà comment ça s'est passé.

« Je déteste courir le mille six cents mètres.

– Comment ça ?

– Je déteste cette course. Je ne l'ai jamais aimée.

– Mais tu la cours depuis si longtemps. Et tu es tellement doué pour ça.

– C'est seulement grâce à toi, ça. »

Non, c'est pas ce que j'ai dit. Pas encore. J'ai dit :

« Je sais que je suis doué sur cette distance, mais…

– Tu n'es pas seulement doué, tu es le meilleur. Toujours premier. Ta mère…

– Je sais que ma mère serait fière. Je sais que c'est pour elle que je faisais ça. Mais moi, dans tout ça ?

– Et elle, dans tout ça ? Elle, elle ne peut plus, Sunny, elle ne peut plus courir sa course.

– Mais mais mais… »

Et là je me suis remis à compter. Un, deux, trois, quatre, cinq, six, sept, huit, neuf, dix. Et là…

« Et. Moi. À. Quel. Moment. Je. Cours. MA. Course ? »

J'ai fait glisser le bas de la mâchoire de ma mère à sa place, et vu les tons noirs et bruns et dorés des pièces du puzzle, on voyait bien qu'elle souriait. Mais moi, non.

C'est là que le *boumtic* a eu lieu. Ce n'était pas un *boumtic* dansé. C'était un *boumtic* constitué exclusivement de mots. Les trucs que d'habitude je n'écris qu'en toi, Journal, sont sortis d'un coup et se sont envolés vers les oreilles de mon père pour s'inscrire en lui. Et cette fois, je lui ai tout dit.

« J'aime pas courir. Ce que j'aime, c'est danser.
Quand je cours, je m'ennuie, et d'ailleurs
tout le monde s'en fiche du mille six cents mètres,
et tu m'as jamais demandé si j'aimais ça,
jamais. Tu m'as jamais demandé
ce que j'aimais, ou s'il y avait autre chose
que j'aurais envie d'essayer. T'as jamais
remarqué que mon visage noir
était gris et bleu comme tes costards. Avec une jambe
trop longue. Ce qui compte,
c'est que je continue de gagner, pas vrai ?
Et même quand je gagne, c'est jamais
assez bien pour toi. Tu me dis que ma posture était
comme ci, ma foulée comme ça,
ma respiration trop faible. "Respire, Sunny, respire".
C'est ta rengaine préférée.
Tu me répètes qu'il faut que je respire.
Mais j'y arrive pas.
J'arrive plus à respirer. J'arrive plus à respirer. »

Cher Journal,

Les *boum tic-tic-ticboum*, ce n'est pas toujours des haussements d'épaules et des gestes robotiques et des pointes et des talonnades ou autres. Ça n'est pas obligatoirement une explosion de danse. En tout cas pas pour Jamal. Mais c'est une explosion tout de même. Une explosion qui commence par une vibration. Le corps de Jamal qui tremblait comme tu trembles, cher Journal, lorsque le vent taquine tes pages. Un tremblement tel qu'on dirait que tu pourrais te déchirer et t'envoler dans le lointain. La mâchoire de Jamal faisait des bonds. Il a mordu sa propre bouche, peut-être pour retenir le chat, ou pour l'empêcher d'y entrer. Il hochait la tête en me regardant alors que nous étions tous deux debout de part et d'autre de la table. Il hochait la tête comme pour me signifier qu'il m'entendait. Il hochait la tête comme si quelqu'un d'autre que moi lui murmurait quelque chose à l'oreille pendant que je parlais. Et son hochement de tête s'est transformé en une révérence. Lentement, il se pliait en deux.

Je lui ai demandé si tout allait bien. Il a hoché la tête. Il a continué de se pencher en avant et son visage crispé par le doute, comme un puzzle défait, s'est penché sur la joue de ma mère en pièces de puzzle pour l'embrasser, puis il a envoyé valser au loin la boîte vide du puzzle d'un revers de bras. Sans toucher à la moindre pièce.

Jamal s'est excusé d'une voix qui grinçait comme une porte mal huilée. *Iiii.* Comme une maison qui s'ajuste. Puis il m'a dit d'aller me coucher.

Alors je lui ai dit : « N'nuit. »

# 7

# JEUDI

Cher Journal,

Tu sais, je raconte souvent que je suis né en plein ouragan. Et c'est la vérité. Mais hier soir, je me suis rendu compte que j'étais peut-être né au beau milieu de deux ouragans. Et ce matin m'a fait l'effet d'un troisième.

Tout a commencé comme un jeudi normal. Ou plutôt non. Il n'y avait rien d'habituel à ce début de journée. Aurelia est arrivée en retard. Mon père était déjà parti au travail lorsqu'elle a sonné à la porte, et quand je lui ai ouvert, elle était là, avec nos sandwichs à la saucisse dans un sac en papier.

Il y avait eu un accident sur la route, et quand elle m'en a parlé, j'ai tout de suite pensé à la tante de Patty, qui avait eu un accident de la route quelques semaines plus tôt, et j'ai été envahi par un sentiment de peur. Mais je savais qu'en vérité tout allait bien, puisque Aurelia était debout devant moi, les bras et les jambes et la tête bien attachés au reste de son corps, donc je la savais saine et sauve. Je suis donc passé d'un coup de panique total à un heureux soulagement en l'espace d'un instant, et du coup, je l'ai prise dans mes bras et je l'ai serrée très fort.

Aurelia est ma meilleure amie. Il est hors de question qu'elle s'accidente. Pas moyen.

Alors elle a dit que ce n'était pas elle qui avait eu un accident, mais quelqu'un d'autre, et que de toute façon ce n'était qu'un petit accrochage et que si ça l'avait ralentie, c'était parce que tout le monde prenait bien son temps en passant à côté pour regarder. Elle a proposé qu'on mange vite fait pour qu'enfin la journée commence.

Les sandwichs étaient froids. On les a réchauffés, mais ça les a fait durcir un peu. Mais il fallait bien que je mange, et je ne voulais pas paraître ingrat, parce qu'Aurelia nous les avait achetés elle-même, alors j'ai commencé à avaler péniblement le mien, manquant presque de m'étouffer : un bout de pain qui s'était transformé en pierre lors de son passage dans le four (par une réaction scientifique bien connue) s'est coincé dans ma gorge. J'ai commencé à paniquer.

Il se passe certaines choses quand on panique, surtout quand on s'étouffe en même temps. Des choses que je n'aurais jamais pu deviner. Je ne m'étais jamais étouffé avant. La première réaction qu'on a, c'est qu'on se dit qu'on va mourir. Et c'est aussi la deuxième chose qu'on fait. Puis on s'auto-montre du doigt. C'est bizarre. À chaque fois que je vois quelqu'un s'étouffer dans un film, les personnes autour n'ont jamais l'air de s'en rendre compte, et j'avais toujours cru que dans la vraie vie, ça ne se passait pas comme ça du tout, jusqu'à ce que ça m'arrive à moi. Aurelia était assise juste en face de moi, les yeux rivés sur mon visage, et elle ne se rendait pas compte que j'étais en train de m'étouffer et de craindre ma propre mort, jusqu'à ce que je pointe le doigt vers moi. C'est alors que le jeu des devinettes a commencé.

« Sunny ? »

Et puis : « Tu t'étouffes ? » (*Ding ding ding!* Bingo, dès le premier essai !)

« Oui je m'étouffe », j'ai crié dans ma tête. Mais ma voix faisait juste des bruits comme *k k k k, kch, krrr, krrr*, un peu comme un mot sans voyelles. Comme si le souffle était dans les voyelles. Ça fait ça quand on s'étouffe. Ça tue les voyelles. Ça aussi, je l'ai découvert ce jour-là.

Alors Aurelia a sauté de sa chaise et a crié ce que nous savions déjà tous les deux.

« Tu t'étouffes ! »

Ensuite, il s'est passé un épisode auquel je ne m'attendais pas du tout. Personne ne savait vraiment quoi faire, ni moi ni Aurelia. Et même toi, Journal, tu n'aurais pas su. Alors j'ai fait la première chose qui m'est passée par la tête, et non, ce n'était pas un pas de danse. J'ai juste commencé à jeter des trucs à travers la pièce. Enfin, pas les jeter en les prenant dans ma main pour viser un mur ou une fenêtre. Je faisais de grands gestes qui envoyaient valser des trucs un peu partout. J'ai balayé le reste du petit déj de l'îlot de cuisine avec mon avant-bras (oui, même la nourriture d'Aurelia), puis j'ai titubé en reculant et j'ai envoyé loin le liquide vaisselle et les serviettes en papier, et à peu près tout ce qu'il y avait sur le plan de travail a fini par terre. Je sais pas pourquoi. C'était juste une réaction comme ça. Quand on s'étouffe, on a envie de faire de grands gestes, de bouger. On peut pas rester en place alors qu'on a une balle de golf mâchable mais pas tant que ça coincée dans la gorge, qui empêche l'air de circuler.

Aurelia non plus ne savait pas quoi faire, alors elle a couru vers moi et m'a dit de me retourner, a commencé à me taper dans le dos, ce qui, juré craché, ne marche pas. Alors elle a passé les bras autour de mon abdomen et elle s'est mise à me secouer contre elle et à me presser le ventre — j'imagine qu'elle essayait de faire la méthode de Heimlich. Elle a fait ça un moment, et moi je continuais à essayer de tousser, et au bout d'un moment, vous savez quoi ? La balle de golf n'est pas sortie. Elle est descendue dans mon estomac.

Voilà comment s'est passé le petit déjeuner.

Voilà comment a commencé ma journée. J'ai failli m'étouffer sur une bouchée tiède de pain trop dur. Et quand je me suis remis de cette frayeur, on en a ri.

Une fois qu'on a vécu ça, les choses ne peuvent aller qu'en s'améliorant.

Cher Journal,

Je suis sûr que tu as deviné qu'avec Aurelia, on est arrivés en retard à l'hôpital. Et en entrant dans le hall, on a vu que papi s'y trouvait déjà. Mais il ne nous attendait pas : il discutait avec la tante de Patty. C'était à elle que j'avais immédiatement pensé quand Aurelia avait franchi le seuil de la porte, ce matin, en parlant d'accident de voiture. Du coup, je sais pas si je me fais un film, mais si ça se trouve, je fais partie de ces gens aux pouvoirs surnaturels qui font se produire des choses rien qu'en y pensant. Donc je vais essayer de m'imaginer en train de jeter le disque samedi matin, de le jeter loin, très loin. Je vais aussi visualiser mon père en train de rire. Et ça, je vais le faire tout de suite.

Pendant ce temps-là, la tante de Patty parlait avec mon grand-père. Elle lui expliquait combien c'était difficile pour elle d'avoir à se reposer sur d'autres gens depuis qu'elle s'était cassé le bras. Elle lui racontait aussi que Patty faisait vraiment de son mieux, mais qu'elle n'avait pas envie que ça la déconcentre par rapport à son travail scolaire ou à la course à pied.

Alors papi me l'a présentée, et avant qu'elle puisse dire quoi que ce soit je l'ai serrée dans mes bras, parce que je venais de penser à elle — sauf que maintenant que j'y pense, je me rends compte que ça pouvait paraître bizarre. Encore plus bizarre qu'un coucou de la main.

Et dans mon élan, j'avais oublié que dans certains cas, un câlin, ça pouvait faire mal. Surtout quand on a le bras cassé.

Je me suis excusé et je lui ai dit que je m'étais permis de faire ça parce que je la connaissais. On s'était déjà croisés après l'entraînement. Je lui ai dit que j'étais Sunny.

Tu sais quoi, Journal ? Elle m'a dit que j'étais une star ! Et qu'elle avait beaucoup entendu parler de moi, et que je serais le premier lanceur de l'équipe des Défenseurs. Je lui ai répondu que c'était vrai, mais que je ne serais peut-être pas aussi bon lanceur que j'avais été coureur.

Elle m'a dit que selon toute vraisemblance, j'étais capable de lancer le disque à un kilomètre. Peut-être même deux.

Cher Journal, j'avais envie de lui répondre que c'était impossible, mais elle était tellement gentille, et en plus, elle avait déjà un bras dans le plâtre, et puis j'avais failli mourir, alors je me suis dit que peut-être on pouvait laisser couler certaines petites choses sans importance. Elle a de nouveau remercié mon grand-père, puis elle m'a promis qu'elle dirait à Patty qu'on s'était vus. Et dès qu'elle est partie rejoindre la voiture qui l'attendait, papi nous a demandé, à Aurelia et moi, pourquoi on était en retard.

Aurelia lui a répondu que c'était une longue histoire et que ça n'avait pas d'importance parce qu'on avait fini par arriver et qu'on était prêts. Mais papi n'avait pas l'air au mieux. On aurait dit qu'il se passait quelque chose sous sa peau. Comme si ses pensées lui faisaient mal au ventre. Comme du lait qui se serait transformé en colle.

Cher Journal,

~~Je sais que j'ai dit que la journée ne pourrait que s'améliorer, mais…~~

Comme je l'ai déjà dit, monsieur Rufus mérite son propre chapitre.

Il se passe quelque chose de bizarre quand ton grand-père, docteur, t'explique que son patient préféré a franchi une étape. « Franchir une étape », ça ne veut pas dire la même chose que dans un marathon par exemple, quand on franchit l'étape des vingt et un kilomètres. Ça ne veut pas dire la même chose que quand on fait un puzzle, une fois qu'on a trouvé tous les bords. En médecine, « franchir une étape », ça signifie que tout est sens dessus dessous. Ça n'annonce rien de bon. C'est synonyme d'embolie amniotique ou, dans le cas de monsieur Rufus, de coma.

Il se passe quelque chose de bizarre en toi quand tu entends : « Il lutte pour rester en vie. » Une sensation qui t'assaille et te transperce — une sensation qui m'a assailli et transpercé — et qui fait *pooooow*. Le même bruit qu'une foule qui hurle ou que la télé quand ça capte mal. J'étais comme une télé qui captait mal. Comme si je n'avais plus de réseau et que je n'arrivais pas à y voir clair. C'est bizarre de ressentir le rien. Ressentir le rien, c'est une sensation tout de même. Et ça fait *pooooow*, et c'est comme tomber, mais au ralenti.

Mais, je sais pas trop comment, j'ai réussi à formuler, en temps réel, que je voulais aller à son chevet.

En l'espace d'une nuit, monsieur Rufus avait changé du tout au tout. Ce n'est pas seulement qu'il était dans un sommeil profond — un sommeil dont il ne se réveillerait peut-être jamais. Son visage n'était vraiment plus le même. J'avais du mal à décider s'il avait vieilli d'un coup ou si, au contraire, il était redevenu un nourrisson. C'était peut-être un peu les deux.

Papi m'a dit que ça ne servait à rien qu'on danse, parce que monsieur Rufus ne pourrait pas nous voir, mais que si je le souhaitais je pouvais lui parler, car il pouvait nous entendre.

Donc je me suis assis à côté de son lit. Je ne savais pas vraiment quoi lui dire. Je ne le connaissais que parce que je venais à l'hôpital deux fois par semaine et que je dansais pour lui. Mais c'était le patient qui dansait toujours avec nous. Il bondissait dans son lit en rythme, en riant, et rien qu'avec ça, je me sentais compris. Je me suis dit que je pouvais lui raconter à peu près tout ce que j'avais sur le cœur. De toute façon, je ne savais pas quoi lui dire d'autre. Donc je me suis penché en avant, et dans son oreille, j'ai chuchoté que j'avais failli m'étouffer ce matin.

Papi a dit « hein ?! » et il a failli péter un plomb, mais il s'est repris et m'a dit de continuer. Je lui ai expliqué combien cette expérience avait été bizarre. Je ne pouvais plus ni respirer ni parler, et j'avais tout envoyé valdinguer autour de moi. J'ai raconté qu'au début, Aurelia, assise juste en face de moi, n'avait aucun moyen de savoir que j'étais en train de m'étouffer. Elle me regardait tranquille, et moi je m'étouffais. J'ai reconnu que je ne savais pas trop pourquoi je lui racontais ça, et que c'était sans doute parce que j'avais besoin de dire à quelqu'un combien j'avais eu peur. Là, j'ai changé de sujet, je lui ai annoncé que samedi, je fêterais mon anniversaire. Et au moment où je prononçais ces mots, je me suis dit que ce n'était peut-être pas une bonne idée de lui parler de ça, alors qu'il était dans le coma. Donc j'ai arrêté. Parce que, cher Journal, je commençais à lui parler comme je te parle à toi. Comme pour me soulager. La diarrhée verbale. Donc je me suis tu. J'ai mis un peu d'ordre dans mes pensées, ce qui n'est pas toujours facile pour moi, parce que tu sais comment c'est dans ma tête : c'est le bazar. Certaines pensées sont tout à l'arrière, tout au fond, d'autres sont sur le devant en pleine lumière, d'autres encore sont coincées derrière mes oreilles, et d'autres poussent fort derrière mes yeux. Et il y en a quelques-unes, j'imagine, tout au nord, juste sous le haut de mon crâne, tournées vers le ciel. Des pensées qui voudraient germer à l'air libre et jouer les antennes, ou quelque chose comme ça — peut-être qu'elles m'aideraient à capter de nouveau et à y voir plus clair —, et j'ai envisagé de raconter tout ça à monsieur Rufus, mais je me suis ravisé. Il avait sans doute envie d'entendre quelque chose de plus… intéressant.

*Baraka*. Je lui ai demandé s'il avait déjà vu ce film. J'ai précisé que non, je ne parlais pas de Barack Obama. Ba-Ra-Ka. Je lui ai expliqué qu'il s'agit d'un film sans dialogues ni acteurs ni quoi que ce soit de ce genre, mais que c'est tout de même pas mal. Je lui ai dit qu'Aurelia pense que c'est un film qui parle de tout. Et qu'on bouge tous en permanence, même quand on ne bouge pas. Je lui ai dit que c'était ça, la bonne nouvelle de la journée : il bougeait encore.

Quand j'ai eu fini de souhaiter à monsieur Rufus qu'il puisse avoir la chance de voir *Baraka* lorsqu'il sortirait du coma (sans dépenser le moindre sou en pop-corn, en nachos et en bonbons multicolores parce que de toute façon il n'aurait pas le temps de les manger), papi m'a demandé s'il y avait quelque chose d'autre que j'avais envie de lui dire.

Et là, ça m'a frappé.

Il pouvait m'entendre. Je sais que… Je pense que chaque geste, chaque action fait un certain bruit. Chaque action a son *tic* ou son *boum*. Ou quelque chose de ce genre. Donc j'ai fait mon enchaînement, sans la musique, sans les mouvements, juste avec le bruit de mes gestes. Et j'ai terminé avec panache.

Pas : « Ouais ! »

Mais : « Tavu ? »

Cher Journal,

Comme on était très en retard, avec Aurelia, la plupart de nos patients habituels étaient occupés à recevoir leur traitement ou la visite de leurs proches, alors on n'a pas pu voir tout le monde. Monsieur MacAfee était déjà en pleine sieste, alors on a décidé de partir. Mais papi nous avait demandé de repasser le voir dans son bureau avant de nous en aller.

Il a dit qu'il avait quelque chose pour moi.

Quand on est arrivés dans son bureau, il a ouvert un tiroir dont il a sorti un dossier, et dans ce dossier il y avait la copie d'une photo.

Aurelia s'est penchée par-dessus mon épaule pour la voir.

Ma mère. La photo avait sans doute été prise pendant une fête — un barbecue, peut-être. Elle était très floue parce que ma mère bougeait, mais son visage était net.

Papi a montré du doigt ce qui ressemblait à un *woush* de vent. C'était en fait un ventre tout rond. Il m'a dit que c'était moi.

Aurelia a dit qu'elle se rappelait le jour où la photo avait été prise.

C'était pendant la *baby shower*, la fête prénatale.

Ma mère était à deux doigts d'accoucher.

Papi a dit que si sa mémoire était bonne, cette photo avait été prise quelques jours avant ma naissance. Et peut-être même que c'était le même jour qu'aujourd'hui, mais à l'époque.

Et Aurelia a posé la main sur sa bouche. C'était donc sans doute vrai. Elle m'a raconté que ma mère n'avait pas voulu de la fête plan-plan avec des cadeaux et des jeux et tout. Elle, elle voulait une fête en bonne et due forme. Une vraie. Elle voulait danser, même si elle pouvait à peine bouger à cause de son gros ventre. Aurelia a dit que ma mère voulait que, depuis l'intérieur, je sache ce qu'on ressent quand on est heureux, quoi qu'il lui en coûte.

Je ne pouvais pas détacher les yeux de cette photo. Je regardais son visage. Et mon visage sur le sien. Mon corps dans le sien. *Baraka*. On était en plein dedans, jusqu'aux larmes qui cherchaient à sortir depuis l'arrière de mes yeux. Et les *snif snif snif* d'Aurelia m'ont interrompu dans mes pensées.

« Pardon », a-t-elle dit.

J'ai répondu que ça allait.

Papi m'a demandé de donner cette photo à mon père. Il m'a dit qu'il y a certaines choses qu'il ne peut pas lui dire. Certaines choses qu'elle seule peut lui dire.

Cher Journal,

L'entraînement s'est passé bizarrement, parce que je suis arrivé avec une photo pliée et fourrée dans ma chaussette et un million de choses fourrées dans mon esprit. L'étouffement. Monsieur Rufus. Ma mère. J'ai essayé de tout repousser au loin, loin loin loin en arrière, dans le coffre de ma tête, pendant qu'on s'étirait (et que Lu faisait le décompte). Toucher les orteils, genoux hauts, *jumping jacks*, d'autres genres de touchers d'orteils, un autre genre de lever de genoux, des étirements des bras, le bras droit, le bras gauche, encore le droit, et là… tout le monde m'a abandonné. Tout le monde a quitté la piste. Le stade. C'était jeudi. Auparavant, le jeudi, c'était le jour de Sunny, parce que c'était le moment où je montrais ce que je savais faire. C'était l'entraînement à l'endurance. Ma spécialité. Mais maintenant, comme je ne cours plus, mon équipe tout entière est partie sans moi, sous la direction de Whit, alors que je restais planté là, tout seul. Enfin, pas entièrement seul. Le coach était là. Mais quand même.

Il m'a rejoint avec une caisse pleine de disques, qui résonnaient d'un bruit métallique comme des assiettes d'homme des cavernes. Et tandis qu'il tanguait sous le poids de son fardeau, il m'a crié de loin qu'aujourd'hui, c'était le grand jour.

« Aujourd'hui… c'est… le grand jour ! »

Le coach a posé la caisse à nos pieds. Il a sorti un des disques, l'a retourné dans sa main, et me l'a tendu. Puis il en a sorti un second, pour lui-même.

Cher Journal, je suis sûr que tu penses comme moi : un disque, ça devrait se manipuler et se lancer comme un Frisbee — ce serait tellement cool. Mais ce n'est pas le cas. Loin de là. Et j'avoue, ça m'a surpris. Mais en fait, un disque, ça se tient comme… euh… en fait je crois que je n'ai jamais tenu un truc de cette façon. Il faut le poser à plat sur la main, et laisser le bout des doigts s'y agripper à peine. Faut pas le maintenir fermement. Juste le garder calé dans ses premières phalanges.

Le coach m'a montré comment faire, et j'ai essayé de l'imiter, mais j'avais l'impression que le disque allait m'échapper.

Alors le coach m'a dit qu'il fallait que je lui fasse confiance. Qu'il fallait que je sache que le disque bougerait avec moi.

Le coach l'a tenu dans sa main, a fait pivoter son torse, a retourné la main pour que le disque passe sur le dessous, et lorsque son torse est revenu droit sur ses jambes, il a retourné la main pour que le disque repasse sur le dessus. Il a recommencé. Plusieurs fois. Puis il m'a dit d'essayer, mais avec confiance, cette fois.

Ça faisait vraiment bizarre, comme geste. Pas naturel. Et c'est devenu encore plus bizarre une fois que j'ai eu fini mon mouvement, parce que le disque m'a glissé des mains, et que si le coach n'avait pas retiré son pied au dernier moment, il lui aurait atterri dessus.

J'étais un peu gêné, et j'avais eu peur pour les orteils du coach, mais il a été sympa. Il m'a juste demandé de ne pas saboter sa carrière de danseur.

J'ai essayé encore, et encore, faisant aller et venir le disque d'avant en arrière en dessinant un demi-cercle et en faisant pivoter mon torse, le bras tendu, en suivant les instructions du coach. Il m'a dit d'écarter un peu plus les jambes, d'ouvrir ma posture et de baisser les fessiers — de m'asseoir sur le tabouret invisible. Au bout d'un moment ça m'a semblé plus naturel. Le disque allait et venait, mes bras se balançaient, le disque se balançait, d'avant en arrière.

Le coach m'a rappelé que le lancer de disque, c'était principalement une histoire de technique. Il a dit que même si ça pesait lourd, ce n'était pas la force du discobole qui poussait le disque dans la distance, mais son mouvement. Il m'a dit que c'était là la troisième partie de notre enchaînement de danse, qui serait ponctuée par la septième règle.

7. Lancer le disque.

Cher Journal,

C'est mieux de les réunir toutes sur une seule et même page.

ÉTAPES SUCCESSIVES D'UN *WOUSH-WOUSH-AAH* (pour un lancer de disque optimal) :

1. Debout, bien droit, genoux un peu fléchis.
2. Écarter les bras comme des ailes.
3. Balancer le corps d'avant en arrière avec les mains droites et solides, qui fendent l'air.
4. Compter jusqu'à trois.
5. À trois, faire pivoter la jambe droite à deux cent trente degrés. (Le coach a dit pas à trois cent soixante, mais pas à cent quatre-vingts non plus. Je lui ai dit que c'était deux cent trente.)
6. Puis enchaîner avec un second tour à cent quatre-vingts degrés, pour réaliser le second *woush*.
7. Lancer le disque.

Cher Journal,

Tu sais qu'en fait, un disque, ça ne se lance pas ? Je te jure. On est censé le pousser. Oui, le pousser. Et le plus drôle, c'est que le coach n'arrêtait pas de répéter que le but, c'est que ça me paraisse naturel. Je vois pas comment c'est possible.

Je veux dire, tourner avec, ça, aucun problème. Et le coach m'a expliqué que si j'arrivais à trouver le bon geste, le disque bougerait avec moi même si je le tenais à peine. Mais ensuite… je suis censé le pousser à l'aide de mon index plutôt que de le laisser s'envoler.

Le coach m'a fait une première démonstration, au ralenti, ce qui a fait que le disque n'a pas pu s'envoler super loin. Puis il a recommencé, cette fois à vitesse réelle, et le disque… n'est pas allé très loin non plus. Je veux dire, il n'a pas fait un kilomètre de distance, quoi. Mais il est parti pour de vrai.

Il a recommencé. Cette fois, le disque est parti plus loin, et a volé plus à plat.

Mon tour est venu. Et, cher Journal, disons simplement que ça s'est pas si bien passé.

Il s'avère que lancer un disque, c'est un peu comme… c'est comme rien du tout, en fait. Tout ce que je sais, c'est que j'ai été très mauvais. Mon disque partait sur la gauche, ou sur la droite, et quand il partait dans le bon sens, il volait en chancelant, maladroit.

Le coach me disait de recommencer. De faire confiance au disque. Et de me faire confiance à moi.

Donc je recommençais.

Encore.

Et encore.

Et j'ai encore recommencé encore. Et après le deuxième encore, à chaque fois différent du précédent, je recommençais, et mon index commençait à s'irriter du frottement sur l'acier. Tout paraissait bizarre, ce qui, pour moi, ne semblait justement pas bizarre. Je sais pas si je me fais comprendre.

On a continué comme ça jusqu'à ce que tout le monde revienne de la course d'endurance. Lynn est arrivée la première, avec Whit qui courait à côté d'elle. Puis Curron et Freddy sont arrivés, et puis Patty, et Deja, et Krystal, et Ghost, et Lu, et tous les autres.

Le coach leur a ordonné de rester à l'écart de la piste et d'aller se poser sur les bancs. Puis il s'est retourné vers moi. Il m'a dit de bien garder à l'esprit que c'était comme danser. Un mouvement fluide. Et qu'il voyait bien que je réfléchissais trop.

J'ai inspiré un grand coup. En prenant une autre assiette métallique dans ma main, je me suis de nouveau apprêté à lancer.

Lu a crié de loin : « Allez Sunny ! » Et il a frappé dans ses mains trois ou quatre fois. J'entendais les tchips et les rires des uns et des autres, sans doute parce que tout le monde pensait qu'il faisait le fayot pour devenir capitaine des Défenseurs à la place d'Aaron. J'ai trouvé ça sympa quand même. J'ai recommencé à balancer le disque autour de moi, d'avant en arrière, en fléchissant les genoux et en m'installant dans ma posture, et au bout du quatrième mouvement, je me suis lancé. J'ai tourné sur moi-même, une fois, deux fois, et j'ai poussé le disque. Et il est parti pour de bon, en tournant comme un vinyle, dans un vol plané impeccable.

Un vol plané qui fonçait droit sur le reste de l'équipe.

Le coach a crié à tout le monde de faire gaffe. Ils se sont dispersés et, cher Journal, je suis vraiment content qu'ils aient bougé à temps, parce que le disque est venu s'écraser dans le banc en bois, qu'il a éclaté et renversé au passage.

Curron a aboyé mon nom.

Lynn est venue se poster debout à côté de lui et m'a regardé d'un air mauvais.

C'était exactement comme le jour de la course. C'était comme quand j'avais arrêté de courir. Leurs visages affichaient de la surprise et de la déception, comme si j'avais fait quelque chose de mal. Comme si quelque chose clochait chez moi. Comme si je n'avais pas ma place au seul endroit auquel j'avais le sentiment d'appartenir.

Cher Journal,

Si un jour quelqu'un t'appelle Carnet parce que tu ressembles à un carnet et que cette personne veut que tu en sois un, ou si tes spirales vertébrales s'échappent de nouveau, que tu t'éparpilles et qu'on te prend pour un déchet, ou qu'on en déduit que tu ne sers plus à rien, j'espère que j'aurai le courage de faire pour toi ce que Lu, Patty et Ghost ont fait pour moi.

J'espère que j'aurai le courage de menacer quiconque te rabaissera jusqu'à ce que cette personne t'appelle par ton nom.

Cher Journal,

Quand le gang des nouveaux a réussi à faire en sorte qu'on me laisse tranquille, et que le coach nous a servi ses « ça suffit » et ses « assez ! » habituels, pour ensuite nous gratifier d'un discours d'encouragement sur le fait que les meilleurs ne connaissent pas le repos, il m'a réservé une surprise.

J'ai entraînement demain !

Le coach a dit que même si demain c'était vendredi, j'avais besoin d'un jour d'entraînement en plus pour qu'on s'assure au moins que j'arrive à lancer le disque sans risquer de blesser qui que ce soit.

Donc ouais, il va se passer ça.

Cher Journal,

Tu sais comment je décris la tête que fait Jamal, parfois ? Tu te rappelles ? Une pierre qui deviendrait encore plus dure qu'elle-même. Eh bien aujourd'hui, il avait plutôt le visage fondu, ou liquide. Et la pierre, elle, semblait remplir tout l'espace entre nous deux. Et je voyais bien que, lui comme moi, on avait des pensées qui faisaient *boing boing* dans nos têtes

*boing boing* dans ma tête
comme un pois sauteur
*boing boing* dans sa tête
comme un pois sauteur
nos têtes comme des trampolines
à une fête à laquelle
on voudrait s'inviter l'un l'autre.

Et en garant la voiture dans l'allée devant la maison, Jamal m'a envoyé une invitation, à sa manière.

Il m'a dit que ce soir, il irait dîner avec Linda, la sœur de Nico.

Ça, c'est une bonne nouvelle. Enfin. Et enfin, Jamal a dit — et c'est là que je me suis senti invité — qu'il était désolé pour hier soir. Et j'ai compris ce qu'il voulait dire.

Cher Journal,

Jamal est sorti, et moi je suis assis par terre dans ma chambre. Depuis un bout de temps. Et je sais que je t'ai déjà posé la question, mais j'ai besoin de te la poser de nouveau. Tu sais ce que ça fait de se sentir comme un meurtrier ? Moi oui. Tu sais ce que ça fait d'avoir quelque chose qui cloche ? D'être né plein d'erreurs ? D'être né ouragan ? Moi je le sais. J'ai passé la journée à penser à ma mère. À compter du moment où papi m'a donné la photo dans son bureau. Cette photo que j'ai glissée dans ma chaussette, et qui me griffait le bas de la jambe à chaque disque que je lançais. Cette photo que j'ai oublié de donner à Jamal quand on est arrivés à la maison. Cette photo que j'ai oubliée jusqu'à ce que j'ôte ma chaussette, pour la découvrir collée par la sueur à ma cheville fatiguée. Là, je suis en train de la regarder. Et je pense encore plus à elle. J'ai aussi repensé à l'étouffement, à l'impossibilité de respirer, et à monsieur Rufus. J'ai repensé à tout, en fait, mais surtout à elle. Je l'ai revue dans ma tête en train de danser. J'ai pensé à la personne qu'elle était, à celle que je suis, et à qui nous aurions pu être, tous les deux ensemble. Je me demande si les choses auraient été les mêmes, si elle avait été là. Est-ce que j'aurais fait de la course à pied ? Est-ce que j'aurais fait de la danse ? Est-ce que je serais moi ? Peut-être un moi un peu différent. Un moi avec plus de maman. Ça, j'en suis certain.

Je pense que je ferais mieux de m'arrêter. Oui, c'est mieux.

Cher Journal,

Je ne dors toujours pas. Ça fait deux nuits de suite que je n'y arrive pas. Il n'y a pas un bruit. Rien qui s'ajuste. J'ai besoin de bouger. Et peut-être…

Je sais pas.

Chère maman,

Je n'ai jamais, jamais prononcé ce mot, « maman ». Jamais à voix haute. Je n'ai jamais appelé quelqu'un comme ça. Même toi, je ne t'ai jamais appelée comme ça, et pourtant, c'est toi ma maman. C'était toi. Ç'aurait été toi. Et tu m'aurais appelé ton fils. Tu m'aurais peut-être trouvé un surnom. Sunny… Sun, mon petit soleil ? Ou Bunny, mon lapin ? Ou un truc qui n'a rien à voir, Poussin, ou Gaufrette, comme Patty appelle sa petite sœur. Et tu aurais l'odeur des pancakes. Et on aurait une poignée de main secrète et un langage secret et une choré secrète qu'on ferait pour Jamal à chacun de ses anniversaires, parce que si tu étais là, il fêterait son anniversaire. Et si tu étais là, je fêterais le mien. Tu serais probablement en train d'organiser ma fête d'anniversaire, d'ailleurs. Ce serait samedi prochain. Mon anniversaire. Et tu saurais que j'adorerais que tu m'organises une fête surprise.

Parce que tu me connaîtrais.

Tu saurais que je n'ai jamais parlé au téléphone avec quelqu'un de mon âge. Que je n'ai le numéro de téléphone de personne de mon âge. Que j'ai eu des coéquipiers mais que je n'ai jamais eu d'amis, jusqu'à ce que je rejoigne les Défenseurs, et même eux ne savent pas que samedi, c'est mon anniversaire. Et si tu étais là, on passerait tous nos samedis soir à faire des trucs sympas, comme manger des pizzas, regarder des films ou inventer des chorégraphies, et à un moment donné, il aurait sans doute fallu que je t'avoue que tu danses pas super bien, mais que je pourrais sûrement t'aider à trouver tes *boum* et tes *tic*, et tu me remercierais. Il n'y a pas beaucoup de gens qui me remercient pour grand-chose. Tu me remercierais aussi de t'aider à faire le ménage. Et à faire d'autres choses auxquelles je n'arrive pas à penser, là tout de suite, mais tu me dirais merci, et je te le dirais aussi, et on se ferait des câlins et tu aurais l'odeur des pancakes et d'ailleurs on en ferait, et je te dirais combien de pancakes Aurelia m'a fait manger au fil des années — au moins mille, facile —, et ensuite j'irais me poser dans le fauteuil, dans le salon, jusqu'à ce que mon estomac arrête de faire *pata pata pata* à cause de la pâte à pancakes pleine de lactose. Sauf que le fauteuil ne serait pas dans le salon. Il serait dans ton bureau, donc il faudrait sans doute que je m'allonge par terre, ou que je supplie Aurelia de m'emmener dans ton bureau pour que tu me soignes comme on raconte que les mères savent le faire, et je me laisserais tomber dans le fauteuil en question pour me plaindre de mes retours sur investissement, de mes maux de ventre qui me pourrissent la vie, et du fait que ce n'est pas pour autant qu'on abandonne les pancakes. Toi par exemple, à ma place, tu n'y aurais pas renoncé, aux pancakes. Peut-être que tu aurais appris à préparer la pâte différemment. Si seulement tu n'avais pas renoncé à moi.

À nous.

Pardon. Je ne le pense pas. Je sais que tu n'as pas renoncé à nous. Tu me le promets ?

J'espère que j'ai raison. Bien sûr que j'ai raison. Tu n'aurais jamais renoncé au Programme. Jamais. Toi et Jamal, vous aviez tout prévu alors que vous étiez juste des gamins. Étape par étape jusqu'à la ligne d'arrivée. Mais tu es partie tôt. Les plans peuvent changer. J'étais peut-être un maillon faible, un chaînon défectueux dans l'enchaînement de votre vie. Enfin, pour être un maillon de la chaîne, il faudrait déjà que je sois en acier inoxydable, et moi je ne suis pas solide à ce point.

Qu'est-ce que j'ai d'autre à te raconter ?

Ma meilleure amie, c'est Aurelia, et ce qui est sympa, c'est que c'était aussi la tienne. Ce qui signifie que, sans doute, tu lui faisais confiance. Et souvent, les meilleurs amis ont beaucoup de choses en commun, donc parfois, quand je suis avec elle, quand on est dans la voiture, je la regarde et je fais comme si c'était toi. Je fais comme si c'était toi qui montais le son de la radio, toi qui dansais assise dans son siège, au rythme de la musique. Je fais comme si c'était toi qui t'amusais à m'inventer des noms de rappeur, comme Big Money Sunny, ce genre de trucs. Je sais bien que ce n'est pas vrai. Mais je fais semblant quand même. Peut-être que tu aurais toi aussi tout un tas d'étoiles tatouées sur toi. Peut-être que tu aurais une drôle de couleur de cheveux et que tu serais la thérapeute la plus cool de l'univers. Et tu me proposerais de m'asseoir, et de te raconter ce qui ne va pas.

Et je te le dirais.

Cher Jamal,

~~Papa. Papa. Papa. Papa. Papa. Papa. Papa. Papa. Papa. Papa. Papa. Papa. PAPA PAPA PAPA PAPA !~~

~~P A P A ! PAPAPAPAPAPAPAPAPAPA ! Papa.~~

Il t'allait bien, ton costard brun clair.

J'espère que tu passes une bonne soirée avec Linda. J'espère qu'elle te fait sourire un peu. Je pense que tu le mérites.

Cher Jamal,

J'aimerais… certaines choses.

J'aimerais un « bien joué ! » de ta part. Et si tu n'as pas trop envie de parler, peut-être juste une accolade. Peut-être un baiser sur le front comme celui que j'ai posé sur mon disque. Mais t'inquiète, je ne suis pas aussi froid ni aussi dur que lui. Et toi non plus.

J'aimerais que tu saches cela.

J'aimerais que tu saches que je le sais.

Et j'aimerais savoir pourquoi tu as voulu que je t'appelle Jamal. Et pas papa.

Et j'aimerais qu'on ne soit pas comme ces statues sans bras.

J'aimerais qu'on ne soit pas comme nos puzzles.

# 8

## VENDREDI

Cher Journal,

J'ai des choses à te raconter. Hier soir, comme je n'arrivais pas à dormir, je me suis levé et j'ai fait quelque chose que je n'avais jamais fait auparavant. Jamais. J'ai traversé le couloir en catimini jusqu'à la chambre de Jamal. Il n'était pas encore rentré. Je n'y suis pas allé pour rien. J'y suis allé pour déposer sur sa table de chevet la photo que papi m'avait donnée. C'est tout.

J'ai lentement ouvert la porte, je me suis glissé à l'intérieur et je l'ai refermée derrière moi.

Je n'étais jamais entré dans sa chambre. En tout cas pas que je me souvienne. Je me rappelle seulement le temps passé dans ma propre chambre. Dans mon propre espace, mon propre berceau puis mon propre lit. Toute ma vie. Mais hier soir, j'étais dans sa chambre. Je l'avais imaginée bien moins propre qu'elle ne l'était, apparemment. Seul élément de désordre : les boîtes dans lesquelles reposaient les puzzles qu'on avait terminés, qui s'accumulaient le long du mur. Dans l'obscurité, je me suis faufilé jusqu'au lit, jusqu'au côté où les couvertures étaient déjà rabattues, et je me suis glissé dessous, remontant les draps jusqu'à mon menton. J'étais sur le côté gauche. Je me suis dit que c'était là qu'il dormait.

Je vais te dire un truc, et ça va te paraître bizarre, mais je pense qu'avec moi, tu n'es plus à ça près…

J'ai senti l'odeur sur son oreiller. J'y ai enfoui mon nez et j'ai inspiré, inspiré. Ça ne sentait rien. J'ai essayé de le connaître. J'ai essayé de savoir ce que ça faisait d'être lui. D'être dans cette pièce, d'être la moitié de tout un programme, d'un plan désormais brisé. La moitié d'une personne. Peut-être. Et là — et je ne sais pas pourquoi j'ai fait ça —, je me suis glissé de l'autre côté. Du côté que j'imaginais être celui de ma mère. Les draps étaient tout froids et si plats, si tendus qu'on aurait dit qu'ils étaient durs. Comme si, peut-être, les corps adoucissaient le coton à force de s'y frotter. C'était comme si mon corps se reposait sur une fine couche de glace, qui se craquelait sous mon poids et se transformait en eau. J'ai saisi des deux mains l'oreiller sous ma tête et je l'ai ramené tout contre moi, sur ma poitrine, pour le serrer très fort.

Allongé sur le dos, j'ai senti son odeur. J'ai imaginé
qu'il sentait comme
quelque chose
quelque chose — elle ?
elle, peut-être.

Il sentait comme
elle. « Peut-être comme elle »,
j'ai imaginé.

Et je me suis mis à pleurer. Et à renifler. À pleurer. Et à renifler. Et à enfouir mes pleurs. Et à pleurer encore. Et à serrer. À serrer. À renifler. À pleurer. Et à serrer. Et à ne plus enfouir mes larmes. À pleurer encore. Et à essayer. À essayer de toutes mes forces de ravaler mes sanglots. À serrer l'oreiller. De plus en plus fort, jusqu'à sentir quelque chose sur ma peau. Quelque chose de doux, comme des plumes. Mais pas des plumes. C'était trop gros pour être des plumes. C'était trop… je ne sais pas. Je ne savais pas ce que c'était, donc j'ai tendu le bras et j'ai saisi l'interrupteur à tirette et j'ai allumé la lampe de chevet, et en l'espace d'un instant, la lumière a réchauffé la pièce. Puis elle s'est refroidie d'un coup quand j'ai compris ce qui se passait. Quand j'ai compris ce qui me chatouillait.

Ce n'étaient pas des plumes.

Pas du tout.

C'étaient des rubans.

Les rubans-souvenirs qu'on reçoit à chaque fois qu'on décroche la médaille d'or.

Des années de rubans.

Je me suis redressé d'un coup dans le lit et j'ai ôté la taie d'oreiller. Les bords de l'oreiller, mal cousus, débordaient, prêts à éclater sous la pression des rubans comme les viscères d'un ventre trop gonflé. Je l'avais serré si fort que les coutures s'étaient fragilisées. J'ai commencé à saisir les rubans par poignées et à les sortir de l'oreiller, des années et des années de rubans, de courses, de premières marches du podium. Première place, première place, première place, des rubans de toutes sortes, des longs, des courts, des rubans de première place, encore et encore. Et pendant tout ce temps, j'ai continué de pleurer, et puis j'ai pleuré encore plus fort parce que je n'essayais plus de ravaler mes sanglots. Et j'ai continué d'éviscérer l'oreiller de ses rubans, je les sortais en pleurant, quand soudain, Jamal a ouvert la porte. Je ne l'ai pas entendu entrer dans la maison, ni monter les marches, ni quoi que ce soit. Il est juste apparu comme ça, debout dans l'encadrement de la porte, les yeux rivés sur moi alors que j'étais couvert de rubans comme un gosse qui aurait sauté dans un tas de feuilles mortes.

Des feuilles mortes de première place.

Il n'a rien dit. Il ne m'a pas demandé ce que je fichais dans sa chambre. Dans son lit. Il ne m'a pas demandé pourquoi j'avais détruit l'oreiller. Il n'a pas dit un mot. Il est resté là debout. Et c'est seulement quand il est entré que j'ai pu prendre le temps de voir toutes les autres photos. Les photos de leur mariage, d'eux en train de s'embrasser ou de rire, d'eux à la fac, au lycée, au collège. Eux, partout.

Il s'est mis à marcher en tremblant vers l'autre côté de la pièce, les yeux toujours rivés sur moi. Puis il s'est assis sur le bord du lit, s'est penché sur mon désordre de rubans, s'est allongé contre moi et m'a serré pour faire sortir toutes les larmes qu'il me restait encore à verser.

Encore une fois, il m'a dit qu'il était désolé, mais pour tout, cette fois,

« pour ce qui est arrivé à ta mère,
pour t'avoir obligé à courir,
pour m'être éloigné de toi,
pour t'avoir exclu »,

d'une voix qui sonnait comme quelque chose que je n'avais jamais entendu. Il l'a répété, encore et encore, ses bras enlacés autour de moi, tandis que je fixais des yeux la table de chevet. Nous étions comme deux S posés l'un contre l'autre. Deux bateaux enfin réunis dans leur port d'attache.

Cher Journal,

Tu as déjà entendu dire que les choses ne changent pas du jour au lendemain ? Eh bien tu sais quoi ?

C'est vrai.

Mais au début, j'ai cru que tout avait changé. Ce matin, je me suis réveillé dans le lit de mon père, je suis allé prendre ma douche, m'habiller, et je suis descendu au rez-de-chaussée, où Jamal versait du café dans sa tasse.

Il m'a dit qu'il avait appelé Aurelia pour lui dire de prendre sa journée, et qu'il avait lui-même pris la sienne. Et quelques minutes plus tard, j'avais moi aussi envie de prendre ma journée, de la fourrer dans un coin et de revenir à la nuit, parce qu'on était juste là dans la cuisine. Jamal et moi. Assis.

Euuuuuh. OK.

Journal, je suis sûr que tu te dis que tout était aussi nickel chrome qu'un pancake réussi, mais en fait ce n'était pas le cas. Si l'ambiance avait eu un goût, elle aurait eu celui des barres de céréales. Ces barres avec des trucs bizarres dedans et qui sont juste là pour couper la faim.

Il sirotait tranquillement son café.

Il m'a demandé si j'avais bien dormi.

J'ai répondu que oui. Je lui ai retourné sa question.

Il m'a répondu que oui. Puis il s'est remis à boire son café à petites gorgées.

Je lui ai demandé s'il voulait des pancakes.

Il m'a répondu oui, alors j'en ai fait. Pour six. Et pour la première fois, j'ai eu envie de me gaver de pancakes, non pas pour me remplir l'estomac, mais pour me remplir la bouche, histoire de ne pas avoir à parler — à défaut de pouvoir donner ma langue au chat… On a donc mangé dans la gêne. Et soudain, alors que j'en étais peut-être à ma soixantième bouchée, il a poussé sa tasse de café vers moi. Il n'avait jamais rien fait de tel. Il ne m'avait jamais proposé de goûter au café. Donc je me suis dit qu'il fallait que j'y trempe les lèvres. Cher Journal, tu savais que le café, ça a le goût de COMMENT PEUT-ON BOIRE QUELQUE CHOSE D'AUSSI IMMONDE ?! Tu le savais ? Parce que ça a vraiment ce goût-là. Et cette gorgée que j'avais dans la bouche, je n'arrivais même pas à l'avaler, c'était trop dégueu. Mais je ne pouvais pas non plus la cracher en l'air, donc… je l'ai laissée retourner d'où elle venait, dans la tasse de Jamal.

Oh non. J'ai commencé à m'excuser, tu sais, à le mitrailler de « pardon », genre « pardon pardon pardon pardon
pardonpardonpardon
pardon paaardoon je suis vraiment
trop trop trop désolé »
mais avant même que j'aie fini de prononcer mon « pardon » numéro cinq, Jamal en était déjà à son centième « HA » ! Il

avait éclaté de rire. Mais d'un vrai rire. Je ne me rappelle pas quand je l'avais entendu rire pour la dernière fois, et je suis sûr et certain que je ne l'avais jamais entendu rire aussi fort et aussi longtemps. On aurait presque dit que c'était douloureux pour lui. Comme une mauvaise toux. Comme s'il essayait de toutes ses forces de faire sortir un truc qui était coincé dans sa gorge depuis trop longtemps.

Cher Journal,

J'ai raconté à Jamal comment hier j'ai failli m'étouffer sur ce sandwich à la saucisse. Un rire encore plus grand se lisait sur son visage mais il essayait de le cacher. Du coup j'ai rigolé, alors lui aussi.

Je lui ai aussi parlé de monsieur Rufus. De son coma. Jamal n'a pas trouvé ça drôle. Ce qui est plutôt une bonne chose, vu que ça ne l'est pas. Et même pas du tout.

Je lui ai dit que j'avais failli dégommer la moitié de mon équipe avec mon disque. Son rire est revenu, mais là il s'est rendu compte que le mien n'était pas là, alors le sien a disparu d'un coup.

Je lui ai expliqué qu'à cause de ça, j'avais entraînement aujourd'hui. Il m'a dit qu'il m'emmènerait.

Puis il m'a un peu parlé de son rendez-vous avec Linda. De son dîner. Il m'a dit qu'elle était sympa, et qu'elle sentait bien meilleur que Nico, qui sent comme s'il était lui-même un cigare. C'est tout ce qu'il m'en a dit et, cher Journal, je suis bien content. Parce que je suis content qu'il soit sorti avec elle, mais je n'ai aucune envie d'en savoir plus. Ah si, il a dit autre chose, au sujet de son rendez-vous. Il a dit à Linda que de sortir, comme ça, ça lui avait donné l'impression de rajeunir. Comme si ses *boumtic* reboumaient et retiquaient après des années de gel total. (Ce dernier bout de phrase est de moi, pas de lui. Jamal ne parle pas comme ça.)

Et ça nous a amenés à parler de ma mère. Et de l'époque où ils étaient gamins. Il a sorti un album et on a regardé de vieilles photos de lui avec toutes sortes de coupes de cheveux, et pareil pour ma mère, elle a eu plein de coiffures différentes. Il y avait aussi des photos de ma grand-mère, mais avec moins de cheveux gris que maintenant, et Aurelia, qui n'a pas changé d'un poil. Jamal m'a raconté que papi voulait qu'il soit médecin comme lui. Il lui disait tout le temps que prendre soin des gens, c'est toujours plus important que de prendre soin de son argent. Jamal m'a aussi parlé de la manière dont ma mère avait perdu ses propres parents dans un accident complètement imprévisible, alors qu'elle était au lycée. Ce sont les parents d'Aurelia qui l'ont recueillie à l'époque, et c'est pour ça, m'a expliqué Jamal, qu'elle a ensuite pris Aurelia sous son aile quand elle est tombée dans la drogue. Il m'a raconté qu'ils se retrouvaient tous les matins dans le bus pour l'école, et que ma mère copiait sur lui les devoirs qu'elle aurait dû faire la veille, et mille autres détails.

Il n'arrivait plus à s'arrêter. Chaque anecdote en appelait une autre, meilleure que la précédente, et toutes me donnaient l'impression qu'on me réchauffait. J'ai pu lui parler des Défenseurs. Je n'avais pas beaucoup d'autres sujets de conversation, parce que mon équipe d'athlé est le seul élément de ma vie qui ne se passe pas à la maison. Ou qui n'implique pas Aurelia.

Je lui ai rappelé que Ghost était celui qui faisait des faux départs.

Et que Lu était l'albinos qui avait l'air d'avoir déjà participé aux Jeux olympiques.

Et que Patty était la seule fille parmi le gang des nouveaux.

Jamal a trouvé que c'était marrant que j'emploie le mot « gang », puis il m'a demandé si Patty me plaisait.

Je lui ai demandé pourquoi il me posait cette question.

Il a répondu que c'était parce qu'à chaque fois que je prononçais son prénom, mon visage faisait un truc bizarre.

J'ai voulu savoir quel genre de truc bizarre.

Jamal a souri, puis a tourné rapidement les pages de l'album photo pour revenir au tout début. Il en a sorti une des toutes premières photos : un Polaroid de lui et ma mère dans un restaurant chinois. Ils étaient tout jeunes. Ils devaient avoir à peu près mon âge. Et, griffonnée sur le bord de la photo, figurait cette inscription : *Premier « rencard » de J & R.* Jamal a posé le doigt juste sous son propre visage sur la photo, pour me montrer son air un peu gauche.

Et j'ai senti mon visage à moi devenir tout mou et fondre, *skwilurp blip blurp squish.*

Cher Journal,

Quand on est arrivés au stade Martin-Luther-King, Jamal est sorti de la voiture pour aller s'installer dans les gradins, pile à l'endroit où il se pose lors des compétitions. Le coach était déjà là. C'est à se demander s'il n'habite pas là. Il n'est jamais en retard.

Il est venu serrer la main de Jamal. Longtemps. Puis il m'a dit d'aller m'échauffer sur la piste et de faire des étirements, comme pour n'importe quel autre entraînement. Les enchaînements habituels.

De loin, je les regardais discuter. Je n'entendais pas ce qu'ils se racontaient parce que les gradins sont loin de la piste. Il y avait beaucoup de mouvements des mains, de bras croisés, mais au bout du compte tout a eu l'air de rentrer dans l'ordre. Après mes deux tours de terrain, le coach m'a retrouvé sur la zone de lancement. Il avait sa caisse de disques, comme la veille.

Il a dit que je n'allais faire que lancer des disques. Rien d'autre. J'allais lancer des disques pour être aussi à l'aise que possible lors de la rencontre de demain.

Le coach m'a dit de bien faire attention à mon mouvement et de faire juste *woush woush aah*.

J'ai fait comme il a dit. Je tournais, et je lançais, tournais, et lançais, le coach debout à côté de moi, qui me passait les disques de métal au fur et à mesure, et qui me proposait à chaque fois quelques ajustements à ma technique.

Il me disait de garder les genoux fléchis.

Il me conseillait de ne pas essayer de mettre de force dans mon lancer, mais plutôt de laisser le disque s'échapper de ma main. De le laisser partir. Et tout allait bien, jusqu'à ce qu'un disque m'échappe vraiment, se fasse la malle par la droite et s'en aille atterrir sur la piste.

Et là quelqu'un a crié un truc, comme quoi j'aurais pu blesser quelqu'un, et je me suis retourné et j'ai vu Patty. Elle trottinait sur la piste, suivie par Lu et Ghost.

Le coach a répondu sur le même ton que c'était un entraînement privé et que les canailles dans leur genre n'étaient pas les bienvenues.

Alors Lu m'a traité de canaille, et il a dit que si moi j'étais là, alors eux aussi ils devraient avoir le droit d'y être. Ça m'a fait super plaisir.

Là-dessus, Ghost a craché des coques de graines de tournesol, et il a dit qu'on était comme des cafards : quand il y en a un, c'est qu'il y en a quatre. Et je sais pas si c'est un vrai truc, sur les cafards, mais j'ai trouvé ça intéressant, et un peu flippant aussi.

Ghost était venu à pied après l'école, et Lascar, un copain de Patty — oui oui, il se fait appeller Lascar —, les avait emmenés, elle et Lu. Lascar, qui heureusement n'en est pas un, est allé s'installer dans les gradins, où il a serré la main de mon père.

Ils étaient venus pour me soutenir. Lu a expliqué que vu que j'étais toujours là pour nous pousser sur les longues distances, eh bien ils étaient venus pour m'aider à leur tour. Alors j'ai recommencé à tourner et lancer, sauf qu'à partir de maintenant, mon gang regardait. Et parfois, le disque s'envolait en tremblotant, et à d'autres moments, il fusait comme une lame.

Et à chaque lancer, bon ou mauvais, Lu, Patty et Ghost me félicitaient.

« Joli ! »

Ou : « Pas mal ! »

Ou : « T'inquiète pas pour celui-là ! »

Ou encore : « Ouais bah en ce qui me concerne, ce bout-là fait partie du terrain ! »

Et d'un coup, une quatrième voix y est allée de ses encouragements. Une voix plus grave. Celle de mon père. Il était descendu des gradins, avait marché sur la piste puis sur le terrain et, debout sur le côté, il criait.

« C'est mieux ! »

Et : « Allez, essaye encore ! »

Et : « Mais ouais, c'est exactement ça ! »

Et quand tous les disques ont été lancés, ils m'ont tous applaudi comme une bande de chelous. Et ils m'ont aidé à les ramasser tous pour que je puisse les lancer de nouveau.

Journal, c'est avec beaucoup de joie que je t'annonce qu'après avoir vidé la caisse de disques plusieurs fois de suite, j'étais capable de lancer le disque comme il faut, bien à plat dans les airs, et à tous les coups. Il ne partait plus dans la stratosphère ou ailleurs, et il ne partait pas non plus à un kilomètre de distance, mais il volait comme il était censé le faire. Le coach a passé les trente dernières minutes de l'entraînement à hocher la tête, ce qui est toujours un bon signe, le concernant.

À la fin de la séance, le coach m'a dit qu'il pensait que j'étais prêt, et que j'étais sûr de finir au moins troisième, puisque nous ne serions que trois concurrents.

Ça n'a pas plu à Patty. Elle a répliqué que je visais la première place, comme d'hab.

J'ai rien répondu à ça, mais j'ai pas pu m'empêcher de sourire, parce que c'était cool qu'elle croie en moi comme ça. Qu'ils croient tous en moi. Pourtant, à vrai dire, je suis même pas certain d'en avoir quelque chose à faire, de gagner ou pas.

Cher Journal,

Après tous ces lancers, j'étais affamé, et pour une fois, j'avais hâte de rentrer chez moi et de choper un plat préparé dans le congélo, d'ouvrir la boîte, de faire des trous avec ma fourchette dans l'emballage plastique, puis de passer tout ça au micro-ondes pour m'en faire un bon petit plat bouillant qui sent bizarre. Miam. Mais Jamal avait une autre idée en tête.

Il m'a emmené au restaurant chinois où lui et ma mère étaient allés lors de leur premier rendez-vous, et figure-toi, cher Journal, que c'était le même restaurant où nous étions allés, Lu, Ghost, Patty, le coach et moi, lors de notre première sortie ensemble. La saison commençait à peine, et le coach essayait de faire en sorte qu'on s'entende bien, tous les quatre, les petits nouveaux. On avait chacun révélé un secret sur nous-mêmes, et du coup c'est ce soir-là que j'avais su pour la mère de Patty et pour le père de Ghost. J'avais appris aussi que Lu aurait voulu avoir un frère. Et j'avais partagé mon propre secret, celui de ma mère qui était décédée et de mon père qui m'avait forcé à faire de la course à pied pour elle. Ce même père qui était assis là, en face de moi, à feuilleter le menu du restau chinois de la même manière qu'il feuillette son journal le dimanche.

Quand le serveur est arrivé pour prendre notre commande, je me suis lâché. Canard laqué et Cherry Coke. Et avant que le serveur ait pu m'expliquer qu'ils n'en avaient pas, je lui ai dit que je savais qu'ils n'en avaient pas, et qu'un Coca avec un peu de jus de cerise dedans ferait l'affaire.

Jamal a fait non de la tête en souriant. Il a commandé du poulet à la sauce aigre-douce et m'a demandé où j'avais entendu parler du canard laqué.

Je lui ai répondu qu'Aurelia prend ça parfois au déjeuner.

Il a hoché la tête en répondant que ma mère aimait bien ça, elle aussi. C'était un de ses plats préférés. Ça, et les sandwichs à la saucisse.

Mon Coca-cerise est arrivé. J'en ai bu une petite gorgée. C'était délicieux. (Journal, fais-moi penser à remercier Patty demain.) Et cette première gorgée a fait naître en moi une idée. Ce qui tombait bien, vu que je savais pas trop de quoi parler avec Jamal. En dehors de réflexions sans grand intérêt sur les baguettes chinoises ou de questions sur ma mère, on savait pas trop quoi se dire, et du coup j'arrêtais pas de gigoter sur ma banquette en vinyle pleine de sueur où je peinais à trouver une position confortable.

Donc j'ai décidé de mettre mon idée en pratique. J'ai demandé à Jamal de me confier un secret.

Puis il a fallu que je répète ma demande.

Et enfin, après avoir répété, un peu déboussolé, « un secret, un secret… un vrai secret, quoi ? », il m'a expliqué pourquoi il me demandait de l'appeler Jamal, et pas papa. C'est parce qu'il n'a jamais eu l'impression de pouvoir être vraiment un père sans ma mère. Et que ça lui ferait trop bizarre. Il sait que je suis son fils et qu'il est mon père, et c'est comme ça qu'il nous voit, mais elle n'aura jamais la chance de m'entendre l'appeler maman, donc ça lui paraît injuste vis-à-vis d'elle qu'il ait, lui, la chance de m'entendre l'appeler papa. Il a aussi reconnu que, peut-être, ce n'était pas une raison valable, mais… c'était la vérité. J'étais censé être leur plus grand retour sur investissement. M'entendre leur dire « maman » et « papa » était censé être leur plus grande satisfaction. Le moment le plus grandiose de tout leur programme.

Je lui ai demandé s'il aurait envie que je l'appelle papa.

Il m'a demandé si moi j'en avais envie.

Je lui ai répondu que je n'en étais pas certain, mais qu'*a priori*, non. Je lui ai demandé si ça lui faisait de la peine.

Il m'a demandé si je le détestais.

J'ai répondu :

« Bien sûr que non.

– Alors va pour Jamal.

– Cool.

– Maintenant, à ton tour. Dis-moi un secret. »

Au début, j'ai pensé à lui parler de toi, Journal. À lui raconter que je te parle encore à l'écrit, et que oui, c'est carrément bizarre, mais que j'aime bien ça. Je t'aime bien. Mais je me suis dit que non. Ça n'a rien d'exceptionnel, et c'est loin d'être un aussi grand secret que le fait que je me parle à moi-même. Parce que oui, je tiens avec moi-même des conversations tout entières. Et même ça, ce n'est pas un secret aussi grand que le fait que parfois, je grimpe dans mon berceau de bébé et que je m'y recroqueville, vu que de toute façon il est encore dans ma chambre. Mais je n'étais pas encore prêt à parler de ça. Ce que j'avais vraiment envie de lui raconter, c'était quelque chose d'inédit, une nouvelle fraîche que je retenais en moi depuis un bout de temps.

J'ai peur pour demain. J'ai peur de la compétition de demain. C'est ça, que je lui ai dit.

Il m'a demandé pourquoi.

Je lui ai répondu que j'avais l'habitude de courir le mille six cents mètres, que je savais d'avance à chaque fois que j'allais gagner, que quand je gagnais, mon équipe était fière de moi, et ma mère était fière de moi. Je savais d'avance que j'allais remporter la médaille d'or et lui offrir mon ruban de première place. Mais si pour je ne sais quelle raison ça se passe mal demain, alors j'aurai le sentiment d'avoir trahi tout le monde. Lui, l'équipe… ma mère. Tout le monde.

Jamal a posé sa fourchette. Son visage s'est figé comme une pierre, comme il fait souvent. Il m'a dit qu'il savait bien qu'il n'avait pas été le genre de père qui donne des conseils, mais qu'il allait m'en donner un tout de suite. Il m'a dit que quand je serais debout dans la zone de lancement, que je réaliserais cette chorégraphie étrange et que je lancerais mon disque, il ne faudrait pas que je pense à lui, ni à l'équipe, ni à ma mère. Il m'a dit de laisser s'envoler le disque, pour moi-même.

Cher Journal,

Après le dîner, on est rentrés à la maison, et avant d'aller au lit, on est allés dans la salle de jeux, se mettre debout autour de la table où étaient éparpillées les pièces de notre puzzle en cours. Le visage était terminé, et le plus difficile restait à faire : son corps, parce que sur ce puzzle, il semblait un peu flou, comme du vent. C'était la fameuse photo. Celle que papi m'avait offerte. Celle de la fête prénatale. Et tandis que Jamal et moi on essayait les pièces floutées une à une dans chaque recoin, sans trop parler, le torse de ma mère se dessinait progressivement. On travaillait ensemble, jusqu'à ce qu'enfin, la majeure partie de son buste apparaisse. Quand on s'est dit bonne nuit ce soir-là, on s'est fait un câlin bizarre, comme si on venait de découvrir qu'on avait des bras et que ça pouvait aussi servir à ça, et avant de monter dans ma chambre, j'ai jeté un coup d'œil au puzzle, à la partie floue — le ventre de ma mère —, et je savais que j'y étais.

# 9

# SAMEDI

Cher Journal,

Je n'ai pas le temps de te raconter grand-chose ce matin, parce qu'il y a compétition et que je suis trop nerveux pour écrire quoi que ce soit, mis à part, peut-être, que je suis nerveux. Souhaite-moi bonne chance.

Et aussi, j'espère que Jamal va bien. Aujourd'hui, c'est le jour où ma mère est morte.

Cher Journal,

Quand je suis descendu au rez-de-chaussée, vêtu de mon maillot des Défenseurs et prêt à partir, Jamal avait déjà préparé le petit déjeuner. Des pancakes et des œufs. Sauf que je ne pouvais rien avaler. Trop nerveux. Mais avant de le lui dire, je l'ai remercié. Puis je lui ai expliqué que mon estomac avait des nœuds, que j'avais un peu le bide en vrac. Donc pour la première fois de ma vie, j'ai refusé des pancakes.

Jamal a dit qu'il n'y avait pas de problème.

Puis il m'a dit « joyeux anniversaire ».

Joyeux anniversaire. D'habitude, mon anniversaire, je le passe avec Aurelia, qui m'emmène voir un spectacle de danse ou un concert, toujours toujours toujours un truc expérimental avec des visages couverts de maquillage et des néons multicolores, ce qui est plutôt cool, mais qui reste assez éloigné d'une fête d'anniversaire classique, quoi. Et pourtant ça me fait toujours très plaisir de faire ça. Et puis, avec ses spectacles bizarres, Aurelia en fait beaucoup plus que n'importe qui d'autre, pour marquer le coup — je veux parler de Jamal, là. En général, Jamal, il pose juste sa journée. Il annule tout, et puis c'est tout. Il reste dans son fauteuil à faire la statue de sel.

Cher Journal,

J'ai pas envie de te saouler avec les trucs dont on a parlé sur le chemin du stade. Ni avec le stade en lui-même. C'était comme d'habitude, quoi. Un trajet plutôt calme (calme et détendu, pas glacial ni rien) à travers les rues de la ville, devant le grand monstre gonflable violet qui danse devant chez *Everything Sports*, jusqu'au stade, plein à craquer. Il y avait tellement de monde ! Des parents, des oncles et tantes, des frères et sœurs, tous agglutinés dans les gradins, prêts à applaudir leurs coureurs préférés. Mais je n'étais plus un coureur. Et quand la voiture a pénétré sur le parking, j'ai été frappé par cette révélation. Comme une grande gifle.

Pour la première fois de ma vie, je ne courrais pas.

Jamal m'a demandé si j'étais prêt pour ça.

Je lui ai répondu que oui.

Mais… le problème, cher Journal, c'est que… je n'étais pas prêt. Et quand je suis descendu de la voiture et que j'ai commencé à marcher vers la piste, je me suis mis à réfléchir à des stratagèmes pour me sortir de là. Un plan B.

OPTION 1 : CONTINUER VERS LA PISTE

A. M'échauffer et faire mes étirements avec l'équipe comme si de rien n'était. J'ai tout le temps de la compétition pour trouver comment filer en douce, parce que le disque sera la dernière compétition de cette rencontre. Si rien ne me vient à l'esprit, je n'aurai qu'à dire que c'est mon anniversaire, et que je préfère faire la fête que de l'athlé, et que la semaine prochaine, promis, je serai prêt.

B. Courir le mille six cents mètres comme si j'avais complètement oublié que je ne le courais plus.

C. Lancer le disque et me ridiculiser aux yeux de tous.

OPTION 2 : REBROUSSER CHEMIN

A. Pleurer.

B. Faire caca dans mon froc. (Si les pleurs ne marchent pas. Mais ne pas oublier que ça me poursuivra toute ma vie.)

C. Sunny…

« Sunny ! »

C'était Jamal, qui m'appelait, quelques pas devant moi. Je ne m'étais même pas rendu compte que j'avais arrêté de marcher. Eh ben !

J'ai recommencé à mettre un pied devant l'autre. Je me rapprochais de la piste, les yeux rivés sur elle, sur ses lignes blanches comme des anneaux autour d'une planète toute verte. Une planète autour de laquelle j'ai l'habitude de tourner. Mais aujourd'hui, j'étais censé tenir mes jambes. J'étais juste censé envoyer ma mini-soucoupe volante en métal dans l'espace infini. J'aurais voulu pouvoir grimper dedans et m'échapper avec elle.

Je suis venu me poster sur la piste, un peu à l'écart du groupe. Oh, j'étais pas bien loin de Patty, Lu et Ghost, mais j'étais pas dans le cercle qu'on forme d'habitude. Je sais pas pourquoi. J'imagine que je me sentais différent. Puis le coach a sorti sa grosse voix pour nous servir son discours d'encouragement. Il nous a dit qu'on était là pour défendre ce qu'on était, pour défendre 1. notre réputation, 2. notre éthique de travail, 3. nos capacités. Et plus important encore, comme cette semaine je faisais quelque chose de nouveau, nous étions aussi là pour nous défendre 4. les uns les autres. Whit était debout à côté de lui, à hocher la tête. Le coach a croisé les bras et Whit a mis les siens derrière son dos. Là, le coach a dit que c'était ça, être une équipe. Ça signifie que les choses changent, mais qu'on continue d'avancer. Le coach ignorait sans doute qu'il était en train de décrire mon nouveau film préféré.

Puis le coach a surpris tout le monde : il a demandé à Lu de mener les étirements.

Pas à Aaron. Pas à Aaron. Pas à A A R O N.

À LUUUUUUUUUU !

Cher Journal,

Le coach voit presque tout. Et ce qu'il ne voit pas, Whit le voit pour lui. Mais pour je ne sais quelle raison, personne n'a vu Aaron pousser Lu après les étirements. Même pas Patty. Mais moi je l'ai vu. Alors j'ai commencé à marcher vers Aaron pour lui faire savoir que même si j'étais plutôt du genre cool, j'avais deux mots à lui dire. Sauf qu'avant que j'arrive à lui, le coach m'a appelé et m'a dit qu'il avait une nouvelle à m'annoncer. Et « une nouvelle à annoncer », c'est l'expression employée par les gens comme le coach ou mon grand-père pour expliquer que quelque chose ou quelqu'un a « franchi une étape ».

Et là, clairement, une étape avait été franchie. Pire même : quelqu'un avait appuyé sur « avance rapide ».

« Ils ont réorganisé les choses aujourd'hui, à cause de cette nouvelle discipline qu'ils ont à caser. Et comme vous n'êtes que trois à concourir, ils ont décidé de vous faire passer en premier. » Voilà ce que m'a dit le coach.

J'ai cru que j'allais m'évanouir. Tous mes *ticboum* étaient réduits à l'état de crachotements, et l'impression d'avoir de la colle dans le ventre s'est muée en quelque chose de pire. De plus lourd. C'était comme un disque à lancer. Mais ça n'a duré que jusqu'à l'arrivée des ballons.

C'était Aurelia. Et papi. Ils grimpaient dans les gradins avec une centaine de ballons de baudruche.

J'ai expliqué au coach avant qu'il ait le temps de me poser la question.

« C'est mon anniversaire.

– C'est aujourd'hui ?

– Ouais », j'ai répondu.

Il m'a demandé pourquoi j'avais pas prévenu l'équipe.

J'ai haussé les épaules.

Le coach m'a dit de me dépêcher d'aller prévenir ma famille pour le changement de programme. On avait du pain sur la planche.

J'ai couru jusqu'aux gradins et j'ai pris papi et Aurelia dans mes bras. Ils m'ont souhaité bon anniversaire et m'ont demandé si j'étais prêt, et tout, alors je leur ai répondu que j'étais nerveux et que j'avais la sensation que ces ballons étaient dans mon corps. C'est là qu'Aurelia a sorti un feutre vert, m'a pris par le poignet et a commencé à dessiner une étoile sur mon avant-bras. Pile là où ma mère avait la sienne.

Pour me porter bonheur.

Quand je suis revenu sur les bancs où se trouvaient mes coéquipiers, ils avaient plein de questions à me poser.

« Ben alors, Sunny, pourquoi tu nous as pas dit que c'était ton anniversaire aujourd'hui ? »

Ça, c'était Lu.

« D'où c'est à toi de nous faire une surprise, le jour de ton anniv ? »

Patty.

Et Ghost :

« T'as autre chose à nous annoncer, pendant qu'on y est ? »

Je savais pas trop quoi dire, alors j'ai répondu : « Euh… »

Du coup Patty m'a demandé :

« Mais pourquoi tu voulais pas qu'on sache ? »

On était en train de se passer le Tupperware avec les quartiers d'orange préparés par la mère de Lu.

Je leur ai expliqué que je n'en parle jamais vraiment et que je ne fais jamais grand-chose pour le fêter parce que c'est aussi le jour où ma mère est morte. Et avant qu'ils aient le temps de laisser leurs visages se liquéfier de tristesse et de pousser des « ooooooh » abominables, je leur ai dit que ça allait. Que j'allais bien. Et je leur ai montré l'étoile verte sur mon bras. Personne n'a compris ce délire, et en plus elle était hideuse, mais moi… je savais.

Cher Journal,

La voix du speaker a raisonné depuis le haut-parleur — d'ailleurs on devrait peut-être appeler ça le haut-speaker, du coup — pour annoncer que l'ordre des épreuves avait été légèrement modifié, et qu'il y aurait une nouvelle discipline en tout début de rencontre. Le lancer de disque. Il a annoncé le nom des participants.

« Et pour finir, chez les Défenseurs, anciennement connu comme le maître du mille six cents mètres, Sunnyyyyyy Lancaster ! »

Il fallait y aller.

Je me suis mis à marcher. J'ai traversé la piste, et j'ai foulé la pelouse jusqu'à la zone de lancement. Le coach me suivait, muni de plusieurs disques. Deux autres lanceurs étaient là avec leurs coachs, et faisaient balancer leurs bras autour de leur buste pour les détendre. Ils avaient l'air bien moins stressés que moi.

L'arbitre nous a rappelé les règles.

« Si vous touchez ou dépassez la ligne, il y a faute.

Si vous sortez du cercle, il y a faute.

Si votre disque sort des lignes délimitant la zone de lancer… faute. »

Nous avons tous hoché la tête. Alors l'arbitre a dit que comme mon nom, Lancaster, arrivait devant Watkins et Young dans l'ordre alphabétique, je passerais en premier.

La chance, Lancaster le Lanceur ! Luck-aster.

Le coach m'a fait signe de le rejoindre — il était juste quelques pas derrière moi, et m'a mis le premier disque dans la main. Puis il m'a dit — ou plutôt il m'a rappelé — que je connaissais mon sujet. Que c'était comme danser. *Woushh.* Il m'a dit de laisser le mouvement se faire, et de laisser le disque tracer sa route dans les airs.

J'ai pris place dans la zone de lancement.

Le public faisait un son inhabituel. Il faisait silence.

J'ai laissé le disque prendre place dans la paume de ma main, et le bout de mes doigts se replier sur son bord, comme j'avais appris à le faire. J'ai balancé le bras d'avant en arrière, d'avant en arrière, d'avant en arrière, puis j'ai tourné, pivoté, pivotourné, et LANCÉ !

« Faute ! T'as franchi la ligne, fiston. »

J'ai essayé de me détendre en secouant les bras, puis j'ai pris un autre disque et je suis allé me remettre en position. Le coach m'a dit que tout allait bien. Il m'a dit de prendre mon temps. De prendre ma place. Il a fléchi les genoux pour me montrer le bon geste, comme on l'avait fait à l'entraînement. Le coup du tabouret invisible. « Assieds-toi sur un tabouret invisible. »

Jamal s'est redressé dans les gradins, apparaissant d'un coup comme il l'avait fait une semaine plus tôt, quand j'avais arrêté de courir en plein milieu de ma course. Mais son visage n'était pas figé comme de la pierre. Ni même comme de la cire. Il a même crié : « Allez ! »

Aurelia s'est redressée à côté de lui.

Patty a crié : « Vas-y Sunny, tu sais c'que t'as à faire ! »

Et Lu et Ghost et même Aaron et Lynn et Curron et Whit et…

Détends-toi, Sunny. Ne réfléchis pas trop. Encore une fois, j'ai laissé le disque se poser dans ma main. Quand j'ai senti que le moment était venu, j'ai balancé le bras, deux fois, trois fois, et j'ai refait mon tour et demi, et le disque est parti dans les airs d'un trait lisse, en tournoyant.

Mais vraiment trop à droite.

« Faute ! »

Le disque a fait un gros bruit métallique en atterrissant sur la piste, suivi d'un « oooh » de la foule. Le coach a couru jusqu'à moi.

Il m'a dit qu'il le lisait sur mon visage.

Je savais absolument pas de quoi il parlait.

Le coach m'a expliqué qu'il voyait… du bruit. Sur mon visage. En moi. Il m'a dit qu'il fallait que je le fasse sortir de là. Qu'il fallait que je crie.

Journal, tu te rappelles ce que j'ai écrit sur le fait d'étouffer ? Quand un morceau de pain coincé dans ma gorge bloquait toutes mes voyelles ? Eh ben là, j'avais de nouveau la même sensation. L'impression qu'il fallait que je renverse tout ce qu'il y avait autour de moi, sauf qu'il n'y avait rien autour de moi. Un sentiment de panique. C'était ma dernière chance. Mon cœur battait dans ma poitrine à m'en briser les côtes : *Boum-bap bap, b'boumboum-bap! Boum-bap bap, b'boumboum-bap!* Et alors que je tentais de l'apaiser, de le calmer, soudain…

Du bruit.

Une rumeur qui montait des gradins comme une tempête qui approchait.

J'ai posé les yeux sur mon disque, puis sur cette étoile dessinée sur mon bras au feutre vert, et j'ai balancé mon bras d'avant en arrière…

*Boum-bap bap, b'boumboum-bap! Boum-bap bap, b'boumboum-bap!*

Tout bouge en permanence. Tout change en permanence. Tout est connecté.

D'avant en arrière…

Je ne suis pas un meurtrier. Je ne suis pas un ouragan. Il n'y a rien qui ne tourne pas rond chez moi.

*Boum-bap bap, b'boumboum-bap! Boum-bap bap, b'boumboum-bap!*

Ce bruit que les larmes font à l'intérieur, il faut que je le fasse sortir. *Baraka.* Il faut que je crie. *Baraka.* Je vais crier et tout va sortir et j'aurai la paix, et j'ai

TOURNÉ !

Et pivoté.

Et tourné.

Tout est parti.

* * *

# REMERCIEMENTS

C'est intéressant, les remerciements. Là, par exemple, je me rends compte que je dis toujours merci aux mêmes personnes. C'est parce que j'ai la chance d'être entouré de soutiens fidèles. Donc… Merci à Caitlyn, Elena et Justin. Vous savez combien vous comptez pour moi. Merci, maman. Tu sais parfaitement combien tu comptes pour moi, oh que oui. Merci à toi aussi, Pop. La plupart des gens ne savent pas combien tu comptes pour moi, mais ils le sauront bientôt. Merci aux bibliothécaires, aux enseignants et aux libraires. J'espère que vous savez combien vous comptez pour moi. Merci à mes frères et sœurs, qui sont tous un peu chelous à leur manière — la meilleure manière possible. Et par-dessus tout, merci aux jeunes gens qui lisent ces livres. Si vous avez lu celui-ci — et c'est sans doute le cas si vous lisez ces quelques lignes —, votre chelou intérieur a sans doute repris du poil de la bête. C'est en tout cas ce que j'espère, car aujourd'hui plus que jamais, nous avons tous besoin de vos « moi » les plus imaginatifs, courageux et décomplexés. MERCI.

Jason Reynolds est fou.

Il est fou d'amour pour les histoires qu'on se raconte.

Quand il n'est pas en train d'en écrire une, vous le trouverez assis à la fenêtre à guetter le passage du marchand de glaces. Mais pas pour courir s'acheter un cornet à la vanille ou un sorbet aux fruits. Il attend le marchand de glaces pour danser sur la musique qui l'accompagne à tous les coups. Il faut dire qu'il a des tonnes de raisons de danser. Il a remporté tout un tas de prix, comme le Coretta Scott King Author Honors, le Walter Dean Myers Award, le Kirkus Prize, et il a compté parmi les finalistes du National Book Award. Vous voyez ? Ça mérite un petit pas de danse, vous ne trouvez pas ? Mais plus important encore : il danse parce qu'il sait que vous lisez.

Donc si vous le croisez, fredonnez l'air du marchand de glaces, et regardez-le faire la danse du Robot. Faites-moi confiance, c'est aussi chouette que ses bouquins. Et allez faire un petit tour sur jasonwritesbooks.com.

## La série « GO ! »

La série « GO ! », c'est la vie de quatre ados qui ont des malheurs à fuir et des choses à prouver. Trois garçons et une fille qui vont adorer vivre et courir, ensemble, à toute allure !

## GHOST

Courir, Ghost sait faire. Depuis toujours. Mais pour une équipe d'athlé… *No way !* Un soir, il défie pour s'amuser un jeune sprinteur, et le coach comprend qu'il a quelque chose de spécial. Meurtri par la pauvreté, hanté par le passé qui menace une fois encore de venir fracasser son avenir, Ghost déborde de rage et de colère. Va-t-il savoir canaliser sa haine et rejoindre l'équipe ?

## PATTY

Patty est très rapide, la plus rapide de son équipe. Elle court pour narguer les filles à papa de son collège. Elle court pour ses potes d'athlé. Elle court pour montrer à sa petite sœur la voie du courage. Et, surtout, elle court pour sa maman, qui ne pourra plus jamais. Patty, c'est la puissance et la générosité. Patty, c'est pas n'importe qui !

# SUNNY

Sunny est un winner, le roi du mille six cents mètres.
Sauf que Sunny n'aime ni courir ni gagner.
Un jour, il lâche, il abandonne en pleine compétition, pour laisser à un autre ce plaisir de gagner qu'il ne ressent plus jamais. Comment, après ça, faire face à ses équipiers, son coach, son père ? Sunny le solaire vient de tout exploser…

# LU

Lu le Looké, avec ses chaînes en or et ses diamants aux oreilles. Lu l'Éclair, meilleur sprinteur du club. Gagner, c'est la classe, et la classe c'est Lu. Challengé par Ghost, Lu le leader va se lancer un nouveau défi : le cent dix mètres haies. Mais alors que l'avenir de sa famille est soudain chamboulé, le passé révélé de son père vient le heurter de plein fouet.